无处安放的婚姻

旧女性与新文人的婚姻往事

熊辉 著

CCTP
Central Compilation & Translation Press

中央编译出版社

Central Compilation & Translation Press

图书在版编目 (CIP) 数据

无处安放的婚姻：旧女性与新文人的婚姻往事 / 熊辉著．
—北京：中央编译出版社，2015.8
ISBN 978-7-5117-2726-8

I. ①无… II. ①熊… III. ①传记文学－作品集－中国－当代 IV. ① I25

中国版本图书馆 CIP 数据核字 (2015) 第 151390 号

无处安放的婚姻——旧女性与新文人的婚姻往事

出 版 人：刘明清
出版统筹：董 巍
责任编辑：韩慧强 王媛媛
责任印制：尹 珺
出版发行：中央编译出版社
地　　址：北京西城区车公庄大街乙 5 号鸿儒大厦 B 座 (100044)
电　　话：(010) 52612345 (总编室)　　(010) 52612363 (编辑室)
　　　　　(010) 52612316 (发行部)　　(010) 52612317 (网络销售)
　　　　　(010) 52612346 (馆配部)　　(010) 66509618 (读者服务部)
传　　真：(010) 66515838
经　　销：全国新华书店
印　　刷：山东鸿君杰文化发展有限公司
开　　本：880 毫米 × 1230 毫米　1/32
字　　数：162 千字
印　　张：7
版　　次：2015 年 8 月第 1 版第 1 次印刷
定　　价：26.00 元

网　　址：www.cctphome.com　　邮　箱：cctp@cctphome.com
新浪微博：@中央编译出版社　　　微　信：中央编译出版社 (ID：cctphome)
淘宝店铺：中央编译出版社真值店 (http://shop108367160.taobao.com) (010)52612349

凡有印装质量问题，本社负责调换，电话：010-55626985

目 录

引言：无处安放的婚姻

在中国现代社会的历次变迁中，先天处于弱势地位的女性，被迫接受了不同寻常的生活体验。她们以一生的时间和幸福为代价，换回惨淡而悲痛的记忆，随之销匿于岁月的烟尘中，无人记取更无人追思。

五四时期的女性处于新文化运动的发生期，如何应对突如其来的社会变革，以及新旧文化交替期的婚姻变故，成了她们不得不面对的现实。大部分女性遵循传统之道，在千年不变的婚恋模式中，过上了相夫教子的普通生活；她们或者幸福，或者不幸，但其婚姻却没受到新文化的冲击。也有部分女性迎着初升的朝阳，在新文化的浪潮中奋力搏击，不仅勇敢地拒绝了传统的婚约，而且还执意追求幸福，成为"力挽狂澜"的新女性。比如石评梅、陆晶清或许广平等，她们艰难地离开故乡，兴奋地走进都市，终于寻得爱情的芳华。

但还有部分女性，她们的命运比起前面两种类型来说，具有被动的不可选择性，因而其命运似乎更为悲惨。新文化运动爆发之初，她们因为父母之命或媒妁之言，按照旧式婚姻的流程步入了结婚殿堂，不想却深陷泥沼之中，无法自拔，也无法获得救助。只因为在新文化语境中，她们的"丈夫"西出洋关，或东渡日本，从此走上了彼此不同的生活道路。在交通不便的年代，时间与空间阻隔了交

流、产生了距离，于是感情生疏冷淡，婚姻名存实亡。更重要的是，她们的"丈夫"在新思想的开导下，懂得追求自身的幸福，懂得欣赏和品味风花雪月的味道，于是舍弃旧人，追随新人而去。

也许婚姻之初，在旁人眼中，她们嫁得有前途的好郎君，对方知书达理，何患家庭的幸福与美满？冷暖自知，她们自踏入夫家始，厄运便缠上了身，痛苦就推开了心灵的门扉。她们与"丈夫"之间，永远都是两条不相交汇的并行线，所有试图修好婚姻的努力都是枉然。风萧萧兮，长夜漫漫，韶华时光转瞬即逝。这些女性在无望的等待中，憔悴了容颜，在四季的轮回中，青丝变成了白发，但孤独的婚姻与绝望的心情从来不曾改变。

这部分女性的婚姻虽都以不幸收场，但却流露出些许差异。比如郭沫若之妻张琼华，她几乎是传统婚姻的典型祭奠者，一生与郭沫若相处时间不足百日，但却守着夫妻的名分，熬到油尽灯灭。期间，她经受的孤独和寂寞，她悟得的生命和情感之道，无人分享，无人聆听。张琼华虽然她离开了世界，她空壳的婚姻总算有个了断。

鲁迅之妻朱安同是一个传统婚姻的牺牲者，她从南到北追随鲁迅，与"丈夫"在同一个屋檐下生活多年，却依然过着无限孤独的生活。与张琼华相比，朱安的婚姻似乎有所改善，至少她可以与鲁迅一起生活数十载，而不是数十天。但其实二人的婚姻没有本质的区别，或许张琼华的情感世界还略带于朱安，因为朱安与鲁迅平时根本没有交流，但思却不能相知，这是多么残酷的现实。而张琼华虽不能和郭沫若长相相见，但她在相思中会让婚姻呈现出温润的色彩。尽管只是海市蜃楼，却比婚姻一片延续的朱安多了几许念想。正所谓相见不如怀念。1926年4月，鲁迅在《记念刘和珍君》中说，"不在沉默中爆发，就在沉默中灭亡"，但是朱安没有在沉默中爆发，那她的婚姻只剩下死亡之路了。

徐志摩之妻张幼仪是新旧女性的过渡者，她代表传统婚姻的失败者形象，但同时却又是在不幸婚姻中奋力崛起的代表。张幼仪受命于兄长，与徐家少爷结婚，婚后育子夫家，新婚夫妇的日子平淡而真实。不想徐志摩远走美国和英伦之后，情趣发生变化，张幼仪千里迢迢奔赴欧洲，最终却等来了一纸离婚协议书。从此，她滞留德国学习新知，后成为民国知名女性实业家，迎来了人生的又一次启航。多年以后，张幼仪重新拾得爱情，从容而幸福地走完了余生。她曾携第二任丈夫游历欧洲，去到了当年居住的伦敦郊区沙士顿，但物是人非，时空转换，恍若隔世，她与徐志摩的婚姻化作碧水长天外的一朵游云。

胡适之妻江冬秀应该算是传统婚姻的代表，只是她嫁给胡适这个新文化运动的风云人物，其婚姻才增添了几许新气象。与大多数传统婚姻一样，胡适与江冬秀之间也是承父母之命，然后二人波澜不惊地走完了婚姻的历程。但有所不同的是，江冬秀面对的不是一个传统男性，而是新文学大家和留美博士胡适。小脚如何与西服协调搭配？江冬秀曾面临被胡适"休掉"的危险，但她最终镇住了大博士，保住了自己的婚姻。或许这才是江冬秀的过人之处，她没有在旧婚姻中倒下，即便与新派人物"竞技"，也不占下风，而是实际婚姻的掌控者。

如此种种，当能代表民国新文化人物旧式婚姻中的女性，但却不能反映她们命运的全部灰暗与悲哀。曾几何时，我们在新文学作家的作品中，捕捉到高傲的气节，或者对社会现实无情的鞭挞；也捕捉到他们款款的深情，或者对尘世不堪的眷念。在岁月的风墙之外，我们今天谈论最多的，无非是他们在历史中最闪亮的瞬间，譬如那些经典的作品或者创造性的革命志向，又或者是他们浪漫的情怀以及非凡的人生经历等。

然而，人们很少关注生活在新文人身边的小脚女人，她们在传统婚姻的束缚下，没有幸福和自由可言。这群女性是旧道德的信奉者和坚守者，也是新文化的牺牲品。仔细缕析她们的生活，我们或许能够洞开一扇惊世骇人的门扉，里面住着不同寻常的女人，个个身上披着传奇的光芒，述说着无尽的哀怨和情仇。她们所经受的磨难，不管是精神上的还是情感上的，都远比我们想象的更为惨烈。

历史的洪流滚滚向前，那些意欲进入历史的人们，尚且可能被历史唾弃，更何况这是一群弱势的女性，她们就更难摆脱被历史掩埋的命运。边缘人被剥夺了发言的权利，但边缘人的所见所闻却能道出历史的本相。这群难有家庭地位的女性，她们没有写作的能力，其翻滚的情思也就被无情地压抑在心中，无人理解。

写作此书，并非要刻意挖掘民国文人的野史轶事，并非要制造商业卖点，在文化荒芜的年代激起人们的阅读兴趣。而只是想让人们了解到，在中国社会的转型期，有那么多女性为社会发展做出了牺牲，而她们的牺牲不能被后人视为"无谓"。换句话说，本书的写作目的，就是要说明那群在沉默中牺牲的女性，发出她们内心长长的叹息，表达她们在生活的重压下，走过了一段怎样不堪回首的情路历程。挖掘这群女性被遮蔽的内心，以及她们对生活、爱情、婚姻乃至生命的深沉思考，从另外一个角度去剖析民国初年社会的发展变迁，同样是本书的写作旨趣。

事实上，所有的牺牲都值得珍视，所有的沉默都值得品味。民国初年文人旧式婚姻中的女性，她们无法获得婚姻的幸福和家庭的温暖，她们看似一群被历史淘汰的悲剧性人物，但实际上，她们却成就了很多男性作家的事业，成就了那个时代的伟大，映衬出新文化和新婚恋的光鲜与可人。

　　春花秋月何时了，往事知多少。历史从来不会自己发声，它是任人打扮的小姑娘。民国初年，新文人旧式婚姻中的女性，她们的爱恨情仇，孤苦寂寞，以及鲜为人知的生活过往，究竟皈依何处？

引言：无处安放的婚姻

张琼华：郭沫若家中"一世的客"

　　作为中国现代历史上的伟大诗人、学者以及政治家，郭沫若的情路历程一波三折，充满了诸多曲折而又耐人寻味的故事。郭沫若一生与三位女性正式结过婚，而且都是在没有与"旧人"解除婚约的情况下，又与"新人"步入了婚姻殿堂。这其中当然有现实和历史的原因，但也与郭沫若不羁的个性或追求自由的心思密不可分。抛开道德与法律层面的评判，单从情感的角度出发，我们会发现郭沫若不同寻常的爱情经历，堪比一部精彩的舞台戏剧。曲终人散，当事人纷纷辞世而去，隔着岁月的尘烟和很多未曾抒发出来的恋语，我们意欲打捞郭氏爱情残片的心不禁被深深地触动。

　　长期以来，人们惯于谈论郭沫若和日本夫人安娜的传奇，也乐于谈论他与于立群在革命年代结下的爱情，但很少提及寡居郭沫若家乡六十八载的第一位夫人张琼华。郭沫若与安娜在日本过着清贫而恩爱的生活，与于立群在事业的征程中患难与共，他们的情感世界都有爱情的滋润，都有儿女绕膝的天伦之乐。而张琼华却在家乡照顾郭沫若的父母，等待永无归期的夫君，自始至终，从无怨言。因此，张琼华是郭沫若生命中最不幸的女人，是在他辉煌灿烂生活背后最黯然无光的女人，一直以来都处于被人们遗忘的境地。

第一节　幽兰与百合的幻影

　　张琼华与郭沫若关系的第一个时期，是从媒妁之言到结婚前的几个月时间，大抵是从 1911 年 10 月到 1912 年 2 月。张郭二人未曾谋面，郭沫若幻想张琼华是山谷幽兰或旷野百合，寄寓了他对这段婚姻的美好愿望。

一

　　五四时期中国社会处于大变革期，新传入的思想与中国固有传统形成反差，很多知识青年纷纷抛弃旧有习俗，以勇敢的心去拥抱新知，暴露出社会现实的黑暗和不足。于是，"问题小说"诞生了，该类型的小说对封建家庭的各种症候多有揭示，尤其是对旧有的爱情和婚姻给予了无情的鞭挞。

　　处于婚姻观念转型期的少男少女们，要么归附传统，在父母的敦促和包办下步入旧式的婚姻生活；要么背离陈规，以决绝的姿态告别固有的婚恋模式，抛开一切去追求自由而幸福的爱情。但在这两类鲜明的人群之外，还徘徊着另外一支队伍，他们接受了新思想，有了追求自由恋爱的冲动，但却拗拗不过家中父母的决定，委曲求全地与自己不喜欢的人步入了婚姻殿堂。其结果是欲爱不能，欲罢不能，在矛盾的纠缠中选择了逃亡，最后留下新婚不久的结发之妻独守空房，从此不再同居一室，造成了中国现代最特殊的一批留守女士。

　　郭沫若与张琼华的婚姻，应该属于第三类。当初，作为"大龄青年"的郭沫若，个人婚事成了全家担心的问题。在母亲杜氏的操持下，信奉媒妁之言，觅得乐山苏溪张家闺女，于是未经郭沫若同意，便仓促定亲。远在省城成都上学的郭沫若，寒假返乡，借着假期便举行了婚礼。新婚大喜之日，才发现新娘并非山谷幽兰，其相貌让郭沫若大失所望，以至生厌。新婚之夜，郭沫若借故身体不适，避开前来道贺的亲朋，独自一人躺在厢房的床上，没有和张琼华分享洞房花烛的人间圣境。五日之后，郭沫若乘一叶轻舟，经水路去了成都。

　　再后来，郭沫若借去天津陆军军医学校念书之名，走出夔门，走出国门，漂流到了东洋大岛。从此，郭沫若与张琼华天各一方，时间、空间和价值观念的距离越来越大，最终演出了有名无实的婚姻大戏。张琼华在故乡的屋檐下，痴望日出日落，守护四季轮回，青丝熬成了白发，可就是没有盼来夫君的归期。

二

　　张琼华，于光绪十六年，即 1890 年，生于四川乐山苏溪镇。

　　张琼华的出生地古称苏稽，山清水秀，物产丰富，是佛教徒朝拜峨眉山的起点，拥有上千年的历史，素有"龙灯之乡"和"书画之乡"的美称。郭沫若对此地颇有一番考究："苏溪本是手工业有名的地方，嘉定的大绸出产在这儿。这儿又因为是苏东坡到过的地方，所以才有苏溪的名号。据乡土学者的诠索，苏溪是应该写成'苏稽'

的"。[1] 关于古镇名称的由来，除郭沫若所说之外，相传有位姓苏名稽的隐士居于此而得名。据考证，苏稽在唐时为苏稽戍，宋时设苏稽镇，清时为"苏稽铺"或"苏稽乡"，其历史可谓久长。

张琼华的家并不在苏溪场，而是在距离场镇不远的张家村，这里几乎全住着姓张的人家。张琼华出生大户人家，每年有两百多担的田租收入，当时算是比较殷实的人家，吃穿自是不用犯愁。而且，从张琼华家中的房子设施，也可看出丰足人家的缩影：她家的房子是老式的四合院，从外入内，须先上几级台阶，才得迈进大门。大门内是很大的四合天井，正房、厢房和厨房等分散在天井四周，庭内种着几颗大的槐树，一到初夏便飘荡着馥郁的香气。

张琼华的父亲张怀深，曾是读书人，中过秀才，家中弥漫着缕缕书香。据郭沫若回忆，张琼华家与普通农家不同，在正房和厢房连接处的耳房里，靠天井的一方有三扇方格窗子，采光效果颇佳，被辟为书房，窗下摆放着一张长方形书桌，左边靠壁处有一个很大的书架，书架上摆放着戏本、小说、三字经一类的读物。他初到张家时，就是靠了书架上古板的昭明《文选》，才得以度过空虚无聊的时日。

张琼华的母亲任氏，是一位传统女性，只会过相夫教子的生活。张家一共有六个子女，张琼华排行老二。但张怀深是个不会过日子的人，后来沉溺于吸食鸦片，导致家道中落，张家不得不过上入不敷出的艰苦生活。

张琼华出生之后，家里自是多了几分欢乐。清末时期，西方文化之风开始吹拂中华大地，但在西南边陲的四川，在四川西北边陲

---

1 郭沫若：《少年时代》（《沫若自传·第一卷》），香港：三联书店，1978年，第285页。

的嘉定，人们依然过着千古不变的生活。所以，在女子无才便是德的时代，张琼华的文化教养粗浅有限。好在父亲是个读书人，思想较为开明，张琼华才得以进入私塾学习，识得常用文字，背得常用古训，尤其对《女训》和《列女传》等书籍所言内容，记忆无比深刻。日后在漫长而无望的等待中，幼时所学似乎成为支撑张琼华活下去的唯一精神药剂。

由此可见，张琼华虽不出生在大富大贵之家，但与沙湾郭家也基本算是门当户对。而且单就张琼华本人来说，在乡野农家能有几个女孩子上私塾念书？因此，张琼华绝非普通的农村姑娘，她能入郭家的门，一定是经过了郭家人的一番审视，达到了他们选儿媳妇的基本标准。否则，作为大户人家，作为在省城念书的郭家少爷，断然不会迎娶张琼华。

三

张琼华与郭沫若虽属包办婚姻，但郭沫若最初的反应并非决然拒绝，他至少是怀着些许美好的期待，默认了与张琼华的婚事。

在张琼华之前，郭沫若曾有过一次婚约。郭沫若十岁的时候，根据乡下人的规矩，早订婚父母早安心，于是他和邻村女孩儿订了婚。可好景不长，1906 年，郭沫若上小学时，女孩儿患疾死去，他们的婚约自动解除。年幼的郭沫若，对未过门的媳妇的夭折，没有丝毫悲喜情感，他尚幼年，还不识得爱情的愁苦滋味。

相反，性情处在转型变化期的郭沫若，因为女方的离世而感到了自由，内心也隐含着一丝高兴。因为自从上学念书之后，郭沫若从旧小说中习得了风流，从新小说中学到了爱情，从林纾翻译进来的外国小说中懂得了浪漫,他希望有一天能邂逅一位白雪公主。因此,他总是拒绝外人的提亲,以至于到后来,都没有人再到郭家说媒了。

期间,沙湾场上同街的一户陈姓人家,意欲将家中女儿许配给郭沫若。这陈家靠着煮酒和开药店,赚了不少钱,算是"土豪"级的家庭。陈家有两个儿子与郭沫若自高小时便是同学,后来还一起上过中学,因为当时高小毕业相当于秀才,陈家一下子出了两个秀才,便开始自称是书香之家。1910年春天,郭沫若考上了成都高等学堂的附属学校,成为成都分设中学的一名学生。暑假回家的时候,母亲向他提起了陈家的打算,但母子二人都觉得这门婚事不妥当。不仅是因为陈父倚重有钱摆架子,而且这陈家的四姑娘长相奇特,郭沫若戏称她患有脑病或前额骨患有蓄脓症,平时总是流着鼻涕,看了让人心生不悦。郭母认为,哪怕儿子一辈子单生,也不会和那样的姑娘成亲。但陈父放下身段亲自找上门来,要将自家姑娘许配给郭沫若,郭家的回绝自然会引起对方的不满,所以此事成为郭陈两家遗恨的起点。

母亲担心郭沫若会成为鳏夫寡人,便托远房的一位叔母做媒,相中了苏溪的张琼华。1911年10月,仍在成都分设中学上学的郭沫若,从在铁路公司工作的堂兄那里,得到了一封家书,方才得知母亲做主为他定了亲事。母亲告诉他,女方与郭家门当户对,做媒的叔母亲自去看了张家姑娘,说她人品好,在读书,没裹脚,是个很合意的人选。而且,叔母还说此姑娘进了郭家的门,绝不会弱于任何一个姑嫂,也不会让郭沫若感到不般配。如此母亲、如此叔母、如此言辞,郭沫若只能默默地服从了长辈的安排。

读罢家书,郭沫若既无绝望,又无失望;既无称心,也无失意。他相信叔母、相信母亲,同时也幻想张家姑娘就是深谷中的一株幽兰,是旷野里的一枝百合。如果张家姑娘真是结婚的理想人选，那他此生便可步入幸福的花园。

男大当婚，女大当嫁。而且郭沫若也不是个独身主义者，结婚对他来说是迟早的事，必须经历，又何必拖沓推诿呢。

四

张琼华与郭沫若的婚姻，并非从开始就注定了凄惨的结局，最初还有焕发生机的种种迹象。

张琼华作为传统女性，婚嫁之事没有任何选择的自由。但她相信，父母不会把女儿推向火坑，他们认定的人家，一定可以托付终身。况且，对旧式女性来说，不管选择了什么样的人家，只要订婚，那就只有一条路可走了，"嫁鸡随鸡，嫁狗随狗"的古训是她们骨子里的信条。对于妇人之道，张琼华不可不知，也不可不从。因此，张琼华在未过门之前，就抱定了跟随郭沫若一生的信念。

郭沫若作为新知青年，认为娶亲是必然的，感情是可以培养的。郭沫若曾天真地想象：既然张琼华人品好，在读书，又是天足，那婚后可以把她接到成都去读书，去学习新文化知识。即便现在他俩还不够熟悉，但待在一起的时间长了，爱情就会敲响各自的门扉。所以，郭沫若在当时是赞成和张琼华结婚的。

也许，张琼华最大的不幸就在于，她和郭沫若在一起的时间太少。二人还来不及培养感情，就劳燕分飞，太多的阻隔横亘在他们之间，拉大了两人的距离，以至于永远无法弥合。

张琼华恪守传统女性的价值观念，决心跟定郭沫若；郭沫若抱着改造张琼华的期待，带着满满培养感情的希望，决定跟张琼华结婚。

不管是出于什么目的，二人的主观愿望都可能促成这桩婚姻的稳定，也可能让他们的婚后生活充满欢乐。

但世间之情，往往事与愿违者居多，有情人终成眷属者居少。尤其是在传统婚嫁模式的操控下，青年男女难觅"眼缘"，往往是在结婚当日始见彼此，幸福与否难以给出笃定的答案。这实在是应了郭沫若家乡的那句老话，"隔着口袋买猫"，安知黑白。

第二节　小脚与猩猩的魔相

张琼华与郭沫若关系的第二个时期，是从 1912 年 3 月 3 日到 8 日（农历正月十五到正月二十）。张郭二人首次在婚礼中相见，郭沫若不满于张琼华的小脚和鼻孔朝天的长相，几天的相处在冥冥中注定了二人日后无望的相聚。

一

张琼华与郭沫若于 1912 年正月十五举行婚礼，时间略显仓促。但生逢乱世，大势所趋，郭沫若接受了早来的结婚日程。

辛亥革命后，各省发动兵变推翻旧政府，纷纷宣布独立。兵变使很多枪支流落民间，对普通人家来说，可以派上自卫的用场；对土匪来说，则更新了抢劫的装备。因此，反倒是革命的成功，导致四川很多地方陷入了更猖獗的匪患之中。在这样的时局下，年长的人感到大乱将至，必然会殃及子嗣。特别是有待嫁女儿的人家，父母愈加坐立不安，害怕土匪夺取了女儿的贞操，一世不得安生。于是，张琼华的父亲便几次托人带信给郭家，希望早日完成儿女的终身大事。

张家催婚的理由，并非小题大做，也并非耸人听闻。从苏溪到沙湾有五六十里远，为保证第二天上午能准时到达沙湾，张琼华必须头天晚上先走一段夜路。郭家迎娶张琼华的那天，为安全起见，郭沫若的幺叔特地从保卫团里调集了二十个精锐兵力，背着五子后膛抢，和郭沫若一起上路迎亲。有了"武装同志"的帮忙，迎亲之路倒也未见波折。

不仅是郭家请了武装力量护亲，张家也同样做好了护卫的准备，哪怕是婚礼之后的"回门"也不敢疏忽大意。郭沫若回门去张家的时候，看到四个人躺在床上狠命地抽大烟，直到第二天凌晨才离开。郭沫若好奇地问岳丈，此四人是否是亲眷，岳丈说是怕姑爷来张家又要带后膛枪，听说当地的二流子要来抢枪，于是连夜到城里请了四个差班来保护。

另外，郭沫若是个读书人，当时在省城念书，回家的时间很少。父母也希望趁着郭沫若寒假在家，把婚事处理妥当，他们也好安心。张家要求在一两月内举办婚礼的请求，也自然是应和了郭母的心意，两个家庭一拍即合，张琼华与郭沫若的婚期就此定了下来。

20世纪初年，新思潮新思想开始涌入中土，东洋和西洋的礼仪开始影响中国人的日常生活。但中国农村旧颜难改，旧习难易，张琼华和郭沫若还得遵照旧有习俗举办婚礼。

二

乱世的婚礼虽然简单，但繁琐的礼数却不能免除。

按照中国过年的风俗，张琼华和郭沫若结婚的时间正好是大年。在四川一带，保持着正月十五"送年"的习俗，一是表明春节结束了，生活从喜庆中开始恢复平静。二是将家中请回过年的祖宗送走，让他们也回到阴间正常生活。但1912年的大年十五，因为是张琼华和郭沫若结婚的大喜日子，家家户户不再把"送年"当作大事儿，而是更乐意去沙湾或苏溪分享新人的喜气。

在汉族传统的节日里，正月十五也是元宵节。元宵节是青年男女相会的节日，古时小姐平日待字闺中，很少出门，借元宵节灯会烟火之名外出，为自己物色如意对象。因此，正月十五这天也被赋予了自由恋爱的色彩，成为旧社会少男少女们相会的日子。宋人那首《生查子·元夕》词，其中的诗句云："今年元夜时，月与灯依旧。不见去年人，泪满春衫袖。"该词虽然略带感伤情绪，但抒情主体借元宵节与有情人相会却是实情。如果这天不是张郭的婚期，而是自由的元宵佳节，不知初次见面的二人，是否会借着朦胧的焰火，在月光下私订终身？

十五结婚，但十四是张家最热闹和忙乎的一天。正月里来是新春，但嘉定府的春天来得偏晚，张琼华和郭沫若结婚的时候，晚上还能感觉到丝丝冷意。柳絮还没有飘飞，秃枝上斑鸠的清脆叫声划破了乡村的宁静，张家也早已热火朝天地忙碌开了。第二天女儿就要出嫁了，他们必须为她收拾打扮，把嫁妆打理妥当。好多亲戚朋友前来道喜送行，主人家要大办宴席款待客人。

张琼华出嫁前，要收拾好自己的房间，听从母亲的劝导，感谢父母的养育之恩。对于当时的女性来说，出嫁无疑是彻底失去了在娘家的身份，张琼华此去郭家，她以后再也不属于张家人了。想到在家生活二十二个年头的各种往事，想到以后未知的生活，张琼华心中自是惆怅万分。

　　由于郭家与张家隔得较远，在交通不便的时代，张琼华要在婚礼当天上午赶到郭家拜堂，必须头天晚上出门走一段路，中途歇息一晚，第二天早上起来再接着前行。所以，张琼华实际上比一般的姑娘要早一晚离开娘家。而郭家迎亲的轿子，也必须头天出发，第二天一早接上新娘往回赶，才能保证中午之前将新娘迎娶到家。

　　抬着新娘的大花轿进了沙湾，唢呐和锣鼓的声音一阵高过一阵，不必说，婚礼的高潮就开始了。花轿到了厅堂前，郭沫若提着鞭炮在花轿前转三圈，目的是为了辟邪。待花轿抬进前堂，放在礼堂的台阶下面，郭沫若家的小辈要向轿门磕三个响头，新娘才会走出轿来。这似乎预示着婚后，新郎要忍让新娘，要肯向新娘低头，然而这个仪式的初衷在旧社会始终无法实现，没有几个女性能控制住夫君，让他们臣服于自己的三寸金莲。

　　正是这个迎接新娘下轿的仪式之后，郭沫若与张琼华之间的不幸婚姻开始了。张琼华的身子刚挪出轿门，郭沫若便看见了一双小脚，他的心里马上犯起了嘀咕。还好，此时他无法看见张琼华的全部长相，因为她头上顶着厚厚的盖头，让他保持着勇气走完后面的婚礼流程。

　　拜堂是婚礼中最神圣的部分。张琼华与郭沫若并立在神位下面的桌前，桌子上燃着一对大大的红蜡烛，证婚人让他俩转过身去，先拜天地。然后转身朝内，对着"天地君亲师"的神位拜祖宗。再接下来是两人相向而站，主持人让他们夫妻对拜。如此三拜，张琼华¹与郭沫若之间便算是有夫妻之名了。

拜堂之后是入洞房的仪式。虽然是在白天，但入洞房时郭沫若手上握着一根蜡烛，另一只手搀扶着张琼华，因为她蒙着头遮着脸，又是第一次入郭家，分不清方向。洞房里的家具都是从张琼华家里抬过来的，张郭两人并坐在床沿上，有人端来两小杯酒，两位新人先各喝一半，剩下的一半交给对方饮尽，如此算是比较文明地喝完了交杯酒。

交杯酒后是揭盖头的仪式，而正是这个仪式，让郭沫若更彻底对张琼华失去了好感。郭沫若在旁人的指点下，揭去了张琼华头上的纱帕，真实的张琼华便端坐在他面前。郭沫若此时才看清，他梦想中的理想新娘居然长着一对露天的猩猩鼻孔。看惯了省城里衣着入时的女郎，设计过很多美好的爱情画面，面对眼前这位拜堂成亲的妻子，郭沫若无论如何也提不起爱她的兴趣。

等到拜谢完父母和宾客之后，已是傍晚。初春的天气依然很短，大渡河和山林间的雾气升腾起来，让白天显得更为局促。郭沫若折腾了一天，早就疲惫不堪，加上心中郁结的愁绪，他便躺在厢房的床上睡着了。

晚饭后闹洞房，郭沫若没有心情参加，任由张琼华一人应付着别人的调笑。母亲知道郭沫若的心思，对他加以开导，还拿出诸葛亮故意娶丑陋女子为妻的例子，来鼓励他去接受张琼华。末了还说，父亲为了这次婚礼，忙碌得都消瘦了不少，希望郭沫若体谅天下父母心。

郭沫若极不情愿地离开了厢房，回到新房里。那晚，想到"来日苦多"，他便独自一人借酒浇愁。至于新婚之夜他是否和张琼华同房了，郭沫若在自传里面没有详写，我们也不得而知。

三

第二天早上，郭沫若晕晕沉沉地和张琼华一行早早出发，"回门"去了苏溪的张家。

回门是汉族婚姻习俗中的重要内容，新婚夫妇回门具有重要的仪式意义。对于新娘来说，是她出嫁初为人妇后首次回娘家省亲；对于新郎来说，是他结婚后首次到岳丈家参拜双亲，从此他应该改口称呼对方的老人为父母。

在川西乐山一带，回门是非常重要的婚礼环节。女方第一次接见女婿，有如男方婚礼那天迎娶新娘。郭沫若跟着张琼华回门那天，先是坐船，然后陆路上再改坐轿子。因为头晚没有休息好，又或许是坐船时吹了河风，郭沫若上岸后便呕吐起来。张琼华对郭沫若颇为照顾，可以看出她对夫君是满意的。见郭沫若呕吐，她便给他送来蔻仁，此药可解酒毒，可缓解胃疼腹胀，表明张琼华有较强的生活能力，对路途上的意外早有准备。张琼华吸水烟，她把自己的水烟袋递给郭沫若，让他吸几口，以缓解心头的沉闷。郭沫若虽没吸烟，但对张琼华的悉心照顾，还是心存感激。

张家对郭沫若不薄，他刚到张琼华的家，其父张怀深便亲自出门迎接，把他带进安静的耳房休息。这处耳房是张家的书房，大概张父知道郭沫若是个读书人，这里环境最适合他。

张琼华嫁给郭沫若，张家人认为女儿找到了一位好夫婿。他们对郭沫若第一次来张家十分重视，从回门时的热闹景象中便可窥见一斑，而且十里八乡的亲戚都赶来祝贺，都想看看这个有学识的张家女婿的模样。并且，为了保证女婿的安全，张父还专门到城里请

张琼华：郭沫若家中「二世的客」

了当差的保甲来家里坐镇，直到没有危险方才松了口气。

张琼华的父亲当日很忙，待客人们都歇息之后，他不顾一天的劳累，还专门前来和郭沫若聊天。他们谈到了结婚当日的安全问题，谈到了回门时害怕出事而请保甲的问题。张父是个地道的乡下人，虽为秀才，但仍免不了谈论粮食收成，以及大烟价格等民生问题。直到郭沫若渐渐步入梦乡，他们的谈话才告结束。

多年以后，郭沫若回忆首次回门去张家的情景时，仍免不了对张琼华表示感谢，因为她路途上的体贴关照；免不了对张父表示感谢，因为他对女婿安全的慎重考虑。所以，从张家的角度来讲，他们不仅没有做出让郭沫若心寒的事情，反倒是事事让他感动不已。

可爱情不是单纯的友好或照料，它更需要心灵的契合和那一丝无法言说清楚的感觉。张家的好，最终没能在郭沫若爱情的城池中激起涟漪。

四

郭沫若在这场婚礼中扮演着清醒的旁观者角色，他很难融入婚礼的氛围，也不可能从中得到快乐。

结婚对郭沫若来说，是对过去生活的告别，尤其是和母亲的关系有了很大改变，这多少让他有些失落。结婚头天晚上，郭母将放在自己衣柜中的八儿的衣服收拾出来，让他拿到自己的房间。郭母说管了他二十年，现在总算有新的人来服侍他了。郭沫若听到母亲的话，觉得有些感伤，他理解母亲的心思。一个伟大的母亲，就是要在儿子未成年时，好好地呵护他成长；又要在儿子成年后，干脆地放手让他去营造自己幸福的家庭。

郭母杜邀贞出生官宦之家，自幼丧父，识得诗书。她十五岁嫁到郭家，生儿育女，操持家务，教年少的郭沫若背诵诗词，是他眼中的伟大母亲。母亲从小就护着郭沫若，从不为难他做不喜欢的事，遇到问题总是站在儿子一边，开导劝说他。因此，郭沫若想到结婚之后，就将和妻子一起生活，从而会疏远了母亲，心中难免会生出苦涩滋味。

　　郭沫若从婚礼中，看到了婚庆习俗的文化原型。比如抬花轿去接新娘，郭沫若认为是原始时代遗留下来的习俗，因为那时有所谓的"掳掠结婚"；花轿在未进屋之前，新郎要提鞭炮绕着轿子走三周，郭沫若认为是原始社会抢婚之后，男子自鸣得意的一种示威，要女子从此臣服于他。新娘要男方的人跪拜之后才走出花轿，郭沫若认为这种礼仪是母系氏族社会留下的习俗，意味着男子要向女子低头。同时，夫妻交拜之礼是一种生殖器崇拜，只是随着人类的进化，交媾才变相为交拜。而新婚夫妇居住的房间称为"洞房"，洞穴不就是原始人类居住的地方吗？而且，交杯酒是接吻的转化。郭沫若的这些解释，让我们明白了现代婚庆仪式的文化渊源。

　　郭沫若对婚礼持反感的态度，认为要在短短的时间里将人类演绎了几千年的习俗重新演一遍，将野合时代、母权时代和抢婚时代的婚姻过程浓缩在一起，根本无法理解仪式的文化精髓。

<h2 style="text-align:center">五</h2>

　　结婚当日，郭沫若看到了真实的张琼华，曾经幻想的山谷幽兰和旷野百合，瞬间变为他一生都无法化解的愁绪。

　　因为不是一见钟情的缘故，郭沫若在心里面开始排斥张琼华。

"情人眼里出西施"，在完全找不到爱情感觉的郭沫若眼中，再美的张琼华也是丑陋的。单是张琼华的小脚，就让郭沫若大失所望，他有种被欺骗的感觉。明明之前说是天足，到头来还是三寸金莲。因为第一次有了不好的印象，所以后面事事皆不如意，对张琼华也总是看不顺眼。

人们总是援引郭沫若对张琼华的描述，认为她长着朝天的猩猩鼻孔，并由此认为，郭沫若没有爱上张琼华是情理之中的事。但几十年后，当人们真正见到张琼华时，却认为她的长相并非如郭沫若所说的那般难看，相反倒是一个标致的女人。亲眼见过张琼华的桑逢康先生这样描述过她的长相："这是一位善良、慈祥的老太婆。尽管她耄耋高龄，但从她面目的轮廓看来，仍可依稀品察出她年轻时的人品不错。"而且，桑先生还特地留心观察了鼻子，觉得"张琼华的鼻子是相当端正的，虽稍稍有一点翘，但绝无'猩猩鼻孔'更无'露天'的缺陷。"

带着主观的偏见，郭沫若对张琼华的父亲也颇有微词，这种不满的情绪也主要集中在长相上，而不是对方的性格和人品。张怀深被郭沫若刻画得丑陋无比，认为他是位长着"一脸麻子"、"一脸烟屎"的乡下人。而实际上，张怀深对郭沫若相当客气、主动和他拉家常，拉近彼此之间的距离。

郭沫若之前并不反对与张琼华的婚事，张琼华本人及张家人对郭沫若又非常友善，张琼华的长相还算可以，那为什么郭沫若没有爱上张琼华呢？他为什么没有践行婚前的预想，婚后要慢慢与张琼华培养感情呢？

1　桑逢康：《郭沫若与他的三位太太》，武汉：湖北人民出版社，2009年，第312页。

六

在婚后的几天时间里，张琼华和郭沫若要忙着应对各种琐事，留给他们二人单独相处的时间自然很少。究竟二人是怎么打发新婚后的日子，郭沫若在他的自传和其他文字中谈得并不多，因此他和张琼华的新婚生活成为一个盲点。

后人大多根据郭沫若多年后的回忆文章，去揣摩他婚后的生活和心情。比如郭沫若在评价他和张琼华的婚姻时，带着对那个时代婚姻的批判态度："到婚姻只能由'父母之命，媒妁之言'以后，男女双方便都是'隔着口袋买猫'了。一错铸就，终身没改。男女双方的一切才能精力便因系在命运的枷锁之下长此活埋。"[1] 很多年以后，郭沫若站在对岸打量自己的婚姻时，难免产生对旧式婚姻的批判。这是时过境迁之事，当时的郭沫若断没有如此高度，也绝不可能对自己的婚姻做出客观评断。

又比如，郭沫若在描述他结婚当晚的情景时，感觉充满了失望，很不情愿和张琼华一起同居新房。倒是在母亲的劝慰下，才勉强回到了自己的房间，而且喝得酩酊大醉，在酒精的麻痹中度过了新婚之夜。这也成为人们断定郭沫若婚后几天里，和张琼华几乎没有交流的依据。但从第二天回门的遭遇来看，张琼华能在郭沫若呕吐的时候，主动送药送烟，倘若二人没有交流的话，估计作为女性的张琼华不会如此主动和"大胆"。又倘若张琼华对郭沫若如此殷勤，而郭沫若从心里完全不接受的话，那只能证明张琼华具有大度和从

1　郭沫若：《少年时代》（《沫若自传·第一卷》），香港：三联书店，1978年，第283页。

容的品性，郭沫若错失如此女性也是一种缺憾。

20世纪80年代，很多人陷入"革命"的思维模式，认为郭沫若作为新派人物，具有十分明确的反抗意识。为此，他的所作所为，均与革命密不可分，均以反抗旧社会为出发点和目的。比如谈到他与张琼华的婚姻时，认为郭沫若之所以会离开张琼华，就是他要反对封建婚姻制度。完全离开个体生命的情感体验去谈郭沫若的情感，其结果只能滑入空洞的说教，于研究对象本身毫无贴切可言。

比如有学者在谈郭沫若留学东洋的时候，忽略了他对外在世界的好奇张望，忽略了他作为男性的事业心，从而将郭沫若出走日本的动因归结于对社会现实和婚姻现实的逃离："奋飞的志愿和不愿与一位猩猩女士结不解缘的意念，却终于使得郭氏跑向外洋去了。"[1] 如此，便将郭沫若的行动与对抗旧社会联系起来，赋予郭沫若熠熠生辉的革命形象。

殊不知，郭沫若当年从天津陆军军医学校逃到北京，是想依仗自己的大哥，谋求更好的出路，完全没有想过要去日本。在等待很长时间后，郭沫若和大哥见面了，大哥还训斥郭沫若不该辞去天津的学习，搞得自己无路可走，还产生了送他回四川的想法。只是碰上了大哥的同学张次瑜之后，在他的点拨下，冒着考不上公费生、半年就会被清理回国的尴尬，勉强踏上了求学日本的列车。因此，郭沫若去日本留学，与婚姻和所谓的高远追求，实在是难以发生直接的联系。

在此无非是想说明：郭沫若的回忆文字和事后判断，皆因为时间和地点的改变，尤其是个人生活阅历的变迁，已经不可能回到当

1 杨发夫：《郭沫若画传》，重庆：重庆出版社，1987年，第47页。

年的现场了，甚至不免涂抹上"今人"的眼光。如此，根据郭沫若的回忆录去寻找他与张琼华婚后的生活点滴，既充满了希望，也充满了危险。

七

张琼华和郭沫若举办婚礼之后，二人的关系究竟如何？

我们还是仔细阅读郭沫若1912年春天的诗篇吧，或许那时的作品更能反映郭沫若对张琼华的态度：

> 呜咽东流水，江头泣送行。
> 帆园离恨满，柁转别愁萦。
> 对酒怀难畅，思家梦不成。
> 遥怜闺阁□，[1] 屈指计舟程。

这是婚后第五天，郭沫若乘船离开沙湾时所作。当时他一共写了三首诗，分别赠送给母亲、父亲和张琼华。这首为张琼华所作的诗篇，充满了浓厚的离别愁绪，用"长镜头"特写了江岸送行的张琼华：郭沫若看到张琼华分别时因为不舍而流下了眼泪，连河水似乎也在呜咽哭泣，他的脑海里充满了"离恨"和"别愁"。

曹操在《短歌行·对酒当歌》中，提及排解烦忧的方法："慨当以慷，忧思难忘。何以解忧？唯有杜康。"如果说酒能让人忘记

1　郭沫若的原稿缺少一字，据称疑为"苦"字。（李保均：《郭沫若青年时代评传》，重庆：重庆出版社，1984年，第65页。）

忧思的话，那又有什么样的忧思是酒不能解除的呢？想必酒不能解除的忧思早已病入膏肓，郭沫若一句"对酒怀难畅"，道出了此刻他在离别张琼华时的忧思是多么沉重，他无法用任何方式将其移除脑海。

这首诗最后的注脚，当落实到郭沫若对张琼华别后生活的担忧。他自知在分别之后，张琼华将面对一个人独守空房的残酷现实，于是不免对她产生了怜悯之情，确有新婚燕尔不忍分别的情愫。

试想，如果郭沫若对《少年时代》中所记叙的那只隔着口袋买回的"黑猫"毫无感情，甚至有些生厌的话，那他会写下这样的诗篇吗？如果以今人的眼光评判，郭沫若要写出充满浓情和依依不舍情绪的诗篇，他当时对张琼华的感情一定不会太差。他也一定是在意张琼华的，否则不会特别注意到她落泪的神情。而站在张琼华的角度来讲，在短短的五六天时间的接触中，如果郭沫若对他冷淡无语，她也断然不会在分别时落下眼泪。

因此，婚后几天时间里，张琼华与郭沫若虽然没有产生轰轰烈烈的爱情，但也绝非处于分居不搭理的状态。几十年后，郭沫若还能记住张琼华及其父亲张怀深的好处，说明当时他们之间的关系处理还算融洽。人非草木，况且郭沫若又是一位善解人意的性情中人，面对张家人的深情，他不被融化都很困难。

正月的清晨，峨眉山烟雾缭绕，枯水时节，河水无声地半缓流动，水清且浅。张琼华站在岸头含泪无语，郭沫若立于船头频频挥手，船至河流拐弯处，他们消失在彼此的视线里。

第三节　等待中憔悴的容颜

新婚后五日，张琼华即与郭沫若"依依惜别"。等到二人再次相聚的时候，却是一年半以后的 1913 年 7 月中旬。之后，郭沫若东出夔门，北上津京，然后出走东洋，回国后辗转各地革命，与张琼华一别便是二十六年。

一

1913 年 6 月，天津陆军军医学校在各省招生，四川拟招收六人。郭沫若参加了考试，有幸成为新学员。7 月中旬公布结果，学校要求考生 8 月 10 日在重庆集结，然后一起去天津。

离家一年多的郭沫若，想到此去天津，海天相隔，不知何日才能再返家园。于是，他决定回沙湾向父母双亲告别，与长时间不见的张琼华告别。对于这次返乡，郭沫若的记叙文字依然很少，而且没有提到张琼华，仅仅是说"由成都回到峨眉山下的故乡，向我的父母亲族告别。在七月下旬由嘉定买船东下，直诣重庆。"[1] 当然，在"亲族"中，一定包含着张琼华，甚至也包含着张家父母。

郭沫若这次回家住的时间不长，7 月中旬回来后，下旬便买船票从嘉定出发去了重庆。因为"第二次革命"爆发，到重庆后的郭

1　郭沫若：《少年时代》（《沫若自传·第一卷》），香港：三联书店，1978 年，第 304 页。

沫若不得不返回成都待了几日，后伺机再去重庆。粗算起来，郭沫若在家待的时间不超过半个月。

郭沫若第二次离开张琼华，而且一别就是二十六年。郭沫若出走的原因，并非立意逃避与张琼华的婚姻。实际上，郭沫若离开家乡，本是要去天津念书的，为什么要去天津念书，主要在于他自身的选择，而与张琼华的婚姻没有直接关系："我自己本来没有学医的意志，我不曾想过要借医业来医人，也不曾想过要借医业来糊口。那样踏实的想头，在当时的我，是太不浪漫了。我自己住在夔门以内时只因为对于现状不满，天天在想着离开四川。在那时最理想的目标是游学欧美，其次是日本，又其次才是京、津、上海。但要离开四川却难得有那样的机会。要自费出门，家庭的经济状态是不许可的，年纪已近六旬的父母是也不肯放你远离"。[1]

因此，郭沫若走出夔门，缘于对"现状不满"。这所谓的现状，恐怕在他看来是个模糊而复杂的词汇，与张琼华的婚姻占据多少比重，我们无从衡量。另外，一心追求"浪漫"的郭沫若，怎么可能在沙湾守着张琼华过一辈子？到欧美、日本或大城市去闯荡，才符合他那颗向往自由的心，否则他会感到憋闷窒息。

由此而论，郭沫若离开张琼华走出夔门、北上或东游，根本原因还在于他热爱自由的个性。没有什么能够阻挡他追求自由的脚步，更何况张琼华这样的乡间小脚女子呢？

[1] 郭沫若：《少年时代》（《沫若自传·第一卷》），香港：三联书店，1978年，第316-317页。

二

　　那么，在这半个月的时间里，张琼华与郭沫若相处如何？郭沫若回忆录里依然没有记录他和张琼华这十几天的生活情况，但很多传记和研究文章却把二人该时期的生活写得有声有色。

　　很多人认为，张琼华和郭沫若此时还是处于分居的状态。桑逢康先生在《郭沫若与他的三位夫人》一书中说，郭沫若暑假回家，不愿意与张琼华同居，甘愿睡在厢房的长凳上。郭母对此极为不满，让孀居在家的四姐郭麟贞出面劝说，希望郭沫若回到房间与张琼华一起居住。人是劝进了屋子里，但他却和衣而睡，并不理会张琼华。

　　但与此同时，该书指出：张琼华与郭沫若的婚姻虽是隔着口袋买猫，但既已结婚，"郭沫若的童贞自是被破坏了"。[1] 这不免让人觉得，郭沫若和张琼华在这一时期已经有了夫妻之实，否则何以谓之童贞被破坏呢？

　　既然张琼华与郭沫若此时有了夫妻之实，那桑先生前面所讲的分居状态，或同居而不交流的冷酷现状，是不是应该大打折扣呢？郭沫若此后不愿提及他与张琼华相处的细节，是的确没有可写之物呢，还是力图回避那段被自己抛弃的感情？我们不得而知，对张琼华与郭沫若这十几天的生活情况，也只能是猜测和假定，没有充足的材料和证据来说明他们相爱，或者无语的陌路关系。

　　因此，1913年暑期短暂的相聚，对张琼华而言非同寻常。她的一生从此便献给了郭沫若，不管他远在天边，还是近在咫尺，她都

1　桑逢康：《郭沫若与他的三位太太》，武汉：湖北人民出版社，2009年，第21页。

愿"生是郭家人，死是郭家鬼"。

三

1913年7月下旬，21岁的郭沫若乘船离开沙湾，离开23岁的张琼华，独自到外面广阔的天地里遨游。

同年12月28日，郭沫若离开北京，乘火车经山海关和辽东半岛，进入韩半岛，然后在最南端的釜山，迎来了1914年的日出。1914年1月14日抵达日本东京，开始了他人生旅程中清贫而艰苦的留学生活，同时也觅到了一生中难见的幽兰和百合。

郭沫若留学日本的时候，东京第一高等学校、高等师范学校、高等工业学校、千叶医学专门学校和山口高等商业学校等五所国立大学，与中国政府签订了官费留学协议。所以，中国学生都想考进这五所大学，有的数年寒窗就为成为官费学生。郭沫若初春到达，他必须在暑假的考试中胜出，方可解决此次来日本学习的费用问题，否则就只有打道回府。因此，在这半年的时间里，郭沫若学习非常刻苦。

3月底至4月初，樱花绚烂地开放，日本迎来了一年中最漂亮的季节。有风吹过，白色或粉色的花瓣纷纷飘坠，有如一场美丽的花雨。郭沫若沉浸在紧张的备考中，异国他乡的美景对他完全没有诱惑力，要留在日本，要有时间欣赏日本更多的美景，他必须努力学习，考上官费。

天资聪慧的郭沫若，仅用半年时间就考上了东京第一高等学校预科，在文科、工科和医科中，他还是选择了医科。在预科部学习期间，他遇到了郁达夫和张资平，二人成为此后创造社的主要成员。

1915 年秋天，郭沫若预科毕业后，升入日本冈山第六高等学校，结识了后来一生不离不弃的挚友成仿吾。

1918 年 8 月，郭沫若从日本冈山第六高等学校毕业后，升入九州岛帝国大学，继续学习医学。在这里，他与张资平重逢，进而与郁达夫、成仿吾结成了文学的联盟，奠定了创造社的基础。

在日本学习期间，郭沫若阅读了泰戈尔、歌德等人的作品，对文学产生了浓厚兴趣，为他日后的文学创作准备了条件。

四

1916 年 6 月，郭沫若的情感生活发生了重大转折。

郭沫若友人陈龙骥生病，入东京医院治疗，郭沫若曾去探望。朋友肺病去世后，郭沫若到医院替他取胸部的透片，偶然认识了护士佐藤富子，后郭沫若改其名为安娜。从此，郭沫若和安娜之间开始书信往来，双双坠入爱河。冈山和东京的双城恋，固然会遭到安娜家人的反对，因为彼时日本人与中国人通婚会被视为屈辱之举。但勇敢的安娜，在 12 月离开东京去了冈山，与郭沫若开始同居生活。

博德湾记录了他们浪漫的生活，东海的朝阳升起于海底，温暖的阳光照在郭沫若和安娜幸福的脸上；他们也在夕阳下披着金色的霞光在海边漫步，吹着海风，听海浪拍打岩石的声音，而不管世间俗事潮起潮落的变化。他们二人情投意合，过着无忧的幸福生活。

很快，郭沫若从第六高等学校毕业后，到福山的九州岛帝国大学学医。而他们的小家庭也不断地增添人口，家里的开销逐渐入不敷出。好在安娜是一个独立而坚强的女性，她包揽了家务，独自带着年幼的孩子们，好让郭沫若有充足的时间和安静的空间从事创作。

也许对信奉基督的安娜而言，她能完整地拥有郭沫若的爱，已经是上帝给她此生最佳的馈赠了。沉浸在爱情蜜汁中的女人，拥有无穷的体力去处理家中事务，也拥有无限宽广的胸怀去包容丈夫的不足。当然，相对于在郭沫若家乡沙湾苦等的张琼华来说，安娜是幸福的，她得到了郭沫若的爱，哪怕后来多次经历夫离子散的痛苦，她也是值得的。

郭沫若留日期间曾回过国，但多是短暂的假期停留，直到1923年3月从九州岛帝国大学毕业后，他才算真正地回到中国。

五

郭沫若出国留学期间，他与张琼华的关系因为安娜的出现而降至冰点。也许在他的心中，偶尔也会想到张琼华，但在他的爱情世界里，张琼华早已死去。

郭沫若1913年7月顺江东下，到1923年4月学成归国，整整十年时间里，他在日本刻苦学习也好，与安娜风花雪月或艰难度日也好，还是在文学创作世界里吟风弄月也罢，他似乎都在有意忽视张琼华的存在。

1914年2月，家里收到郭沫若自日本寄来的书信，一家人都很高兴，聚在一起听郭父大声宣读。因为临近春节，郭沫若也许是思乡心切，也许是给父母亲友拜节所需，他的这封信写得很长，光要祝福的人列举出来有10多位之众，父母双亲、四姐、大哥、五哥、元弟、少仪三兄、少林六兄等。[1] 信念完后，每个人都因为郭沫若在

1 黄淳浩编：《郭沫若书信集》（上），北京：中国社会科学出版社，1992年，第6—9页。

信中提到自己高兴不已，唯独张琼华待在角落里，一脸茫然和失望。

为什么郭沫若祝福了家里每个成员，独独不提张琼华呢？很显然，郭沫若是在刻意回避张琼华，他不可能不知道张琼华居住在沙湾，而且也知道她是家中一员，他的心里一定想到了她，但迫于某种情绪，他最后却不愿意提到她。

郭沫若越是有意要回避的人物，越能证明此人在他心中的分量。否则，淡然视之，将张琼华与普通家庭成员对待，在家书中提及姓名，与哥嫂弟妹们一并祝福，岂不省事。但郭沫若恰恰没有这么做，他在回避张琼华，冷淡张琼华，直至最后疏远张琼华。

郭沫若为什么在家书中要有意回避张琼华呢？从小熟读古典经书和传奇故事的郭沫若，对爱情有美好憧憬，对人生有浪漫的设想，他肯定不愿意和张琼华这样的小脚妇人走完一生，还有更广阔的生活世界等着他去闯荡。而且，到了日本之后，见惯了东洋风物，又随着学习和阅读的深入，见识广了，郭沫若对女性的要求也悄然地发生了变化，张琼华这样的传统女性已经达不到他的审美高度。更为重要的是，郭沫若此时恋上了日本美女安娜，正与她过着幸福美满的生活，他的心里岂能再容张琼华的存在！

可以肯定的是，自从郭沫若走出了夔门，坐上了去日本留学的列车，漂洋过海，他的心里早已没有张琼华的容身之所了，张琼华的等待注定将以失望收场。

六

但留日期间，郭沫若对张琼华还是有所惦念，二人的关系并非彻底决绝。

尽管张琼华身为女性，在那个并不开化的沙湾小镇上，她仍然大胆地追求着自己的幸福，从来没有放弃与郭沫若相守一生的信念。没有收到郭沫若的亲笔来信，她曾主动写信给他，告诉丈夫自己在郭家的生活状况。因为考虑到夫君的脸面，不愿做抛头露面的事，不愿被人闲话指点，所以就不会去日本探望他。末了，还特请自己的丈夫早日归来，家中老少都牵挂着他。不言而喻，张琼华自己更是想念着他。

郭沫若面对张琼华主动"进攻"，仍然采取回避的态度。他没有单独给张琼华回信，1915 年 7 月 20 日，在给小弟郭开运的信中提到了张琼华给他写信的事情。其中，有关张琼华的内容如下："八嫂来函亦读悉，愿弟为我传语，道我无暇，不能另函，也不必另函，尚望好为我事奉父母也。"[1]

郭沫若为何要让弟"传语"八嫂，而不亲自给张琼华写信？他先是说自己没有空暇，这是十分普通的借口，既然没有空暇给张琼华写信，那又哪有空暇给弟弟写信呢。但紧接着，郭沫若道出了真实想法，觉得是没有必要单独给张琼华写信，"不必另函"足以表明他对妻子冷漠的态度。

但即便是在该时期，郭沫若在心里还是把张琼华视为自己的妻子。要不，他为什么会让弟弟给嫂子说，替他照顾好父母呢。一般委托他人照顾好自己的父母之事，多发生在兄弟姐妹之间，或者夫妻之间。假如郭沫若早已无视张琼华的存在，把她从妻子的地位中剔除，那他再让张琼华照顾自己的父母，又有何依据呢？一个与己无关的人，一个让自己讨厌的人，怎么值得交付照顾父母的大事呢？

1　黄淳浩编：《郭沫若书信集》（上），北京：中国社会科学出版社，1992 年，第 70 页。

翻阅郭沫若留日期间的家书，我们会发现他并非从不提及张琼华，有时候在信的结尾写上"合家均问好"之后，还要专门提行写上"妻荫"两个字。"荫"有"庇护"之意，因而"妻荫"主要借指妻子给自己提供的庇护和好处，亦即郭沫若在此是感谢张琼华为自己所做的一切。郭沫若远在日本，家里的很多事情都是张琼华帮着父母处理，这让他减少了对父母的牵挂，从而得以安心在外求学。想起这些的时候，郭沫若理当心存感激。难怪几十年后再度相见时，郭沫若要给张琼华深深地鞠躬致谢，想必他对首位妻子的感激之心，早就留存于心了。比如 1918 年 3 月 31 日给父母的书信中，结尾写上了"妻荫"；1919 年 11 月 9 日给父母的书信中，同样出现了"妻荫"二字。

而张琼华作为一个已婚之妇，在她漫长而枯燥的等待生活中，却又刻意在内心强化着郭沫若模糊的形象，将自己的情感和生命维系在这个早已心有它属的男人身上。郭沫若对她刻意的回避以及偶尔的提及，相对于张琼华浓厚的情感来说，简直是杯水车薪，微不足道。

七

1913 年 7 月下旬，郭沫若离开沙湾的时候，房前屋后的山林蝉声一片，蜀中伏天让人渗汗不止。隔三差五的雷阵雨，让地面的植被不断翻新变绿，大渡河的水位涨了又落，河水浊了又清。在满眼的深绿中，人们望见了盛夏后丰收的喜悦。

郭沫若离开后，张琼华等待的生活如暗夜无声流淌，漫无边际，永无止境，黎明的曙光遥遥无期。

张琼华难以摆脱对郭沫若的相思，天各一方，无奈只得"托物言志"。她始终让房间的摆设如新婚之初，如郭沫若离家前的模样，把曾经和丈夫居住的卧室收拾的井井有条。同时，张琼华认真对待郭沫若的每一件物品，比如他在家时读过的书、写过的字、用过的墨，以及郭沫若从东瀛邮寄回来的每一封信件，均被她视为珍物，仔细保存起来。无聊时、相思时，便取出这些东西来翻阅抚摸，聊以自慰。

乐山自古佛教兴盛。张琼华家乡不远处，是大渡河、青衣江和岷江的交汇处，矗立在岷江东岸的大佛，自唐代开始，就以静穆和"崇高"的姿态俯瞰四海浮生。在浓厚的佛教氛围里，嘉定的乡人懂得向佛诉求内心，也懂得向佛修炼内心的空无。

张琼华成长于此，必然会受到佛教的影响。她曾多次去峨眉山各寺庙祭拜，一是求得夫君的平安，二是求得自身命运的转机。当然，佛教对张琼华来说，除排解心中忧思外，其清规戒律也让她懂得了节制、内省、安于现状、回报来生。

无可否认，佛教成为她幽暗岁月中一盏长明不灭的青灯，摇曳在无际的远方，忽暗忽明，没有希望也没有绝望。

日子在飘忽和虚幻中熬白了青丝，苍老了容颜。张琼华在无望中抱着希望，在希望中遭遇失望，心上的郭沫若终究是没有归来。

八

1916 年夏天，是郭沫若离开沙湾去日本求学的第二个年头。在这一年里，因为郭沫若和安娜的相恋，让张琼华本就脆弱的婚姻，增添了又一重危险。

最初，郭沫若对娶安娜一事怀着些许歉疚。郭沫若 1916 年夏天与安娜认识，是年冬天二人同居，第二年大儿子和生出世。但直到 1918 年 5 月 25 日，郭沫若在给父母的信中始才提及此事，并负疚地寄回了安娜和儿子的照片。其实，从郭沫若写给父母的信中，他为与安娜的结合感到自责："往事不愿重谈，言之徒伤二老之心。而今而后男只日夕儆朡，补救从前之非。今岁暑中，可国事稍就平妥，拟归省一行，当时再负荆请罪，请二老重重打儿，恐打之不痛，儿更伤心矣。"[1]

郭沫若缘何自责如此，郭家父母又为何对他责难如此？从他后面邮寄儿子照片一事，便可断定是因为安娜之事。估计当时父母觉得郭沫若对不住在家孝敬他们的张琼华，而且一直没有亲自询问过二老的想法，如今儿子都出生几个月了，还不亲自写信告知。如此匆匆行事，也可能惹怒了二老。之后，郭沫若遇到生儿育女的事，总会给双亲汇报。他留日期间的最后一封家书写于 1923 年 1 月 22 日，内容无非是告诉父母，安娜当天生下了他们的第三个孩子，母子平安。此信非常短，要是前两年，估计郭沫若会省略此信，但自从他和安娜的事情被家里知晓后，他再也不隐瞒在日本的家庭生活了。而且，生子是大事，父母健在，理应告知。

郭沫若在信中的自责，表明当时他清醒地意识到，自己是有家室的人，在日本与安娜同居生子，未免对不起张琼华。从侧面表明，郭沫若当时还是相当在意与张琼华的婚姻关系。

郭沫若在日本结婚生子的消息，一定很快就会传到张琼华的耳朵里。张琼华对此有何反应？由于缺少相关的文献记录，我们今天也不得而知。但从个体生命的角度来讲，任何一个人都不希望自己

1　黄淳浩编：《郭沫若书信集》（上），北京：中国社会科学出版社，1992 年，第 44 页。

张琼华：郭沫若家中「一世的客」

的另一半被他人占有，更何况是张琼华呢。

张琼华知道，郭沫若本来对她就不冷不热，他们之间感情的联系纽带相当脆弱，经不住一阵小风的吹拂，便会断开。而丈夫此时坠入了另一张情网，难以自拔，也不愿自拔，所以她断定这个男人不会再回到沙湾，不会再回到自己身边。

张琼华的判断是正确的，郭沫若此后二十六年没有回家，即便是留日归来，即便是年迈的父母一再催促，郭沫若都没有回到沙湾。除去繁忙的事物所困，郭沫若迟迟不归的原因，似乎也与他不愿见到张琼华有关，他不知道如何面对这个陌生的乡下女人，他与她心灵的距离，早已无法用日月光辉去丈量了。

也许在绝望中，张琼华还守着郭家八媳妇的地位，这让她有了活下去的尊严和借口。

九

待到家里逐渐认可了他和安娜的关系后，郭沫若便不再向父母隐瞒在日本的生活。可到了1923年前后，郭沫若快毕业回国之际，他不得不再次面对张琼华，以及他们名存实亡的婚姻。

在传统婚姻观念下，男人迎娶三妻四妾，是常有的事情。1950年4月13日，《中华人民共和国婚姻法》的颁布，才明确禁止一夫多妻制。因此，郭沫若的大哥希望他毕业后，回家乡成都工作，至于他的婚姻问题，无非两条道路，要么舍弃张琼华或安娜中的一位，要么与二人共同生活。郭橙坞解决弟弟婚姻的思路，仅就第一种来说，淘汰的不外乎是张琼华，安娜与郭沫若情投意合，而且又有有子女。如此一来，离掉张琼华便是唯一选择。第二种思路，估计张琼华可以接受，郭沫若和安娜都不可能循此生活。

郭沫若要与张琼华离婚的消息传到沙湾，在当时的中国农村，人们无异于听到了冬天的雷声，看到了夏天的冰雪。1922 年，徐志摩与张幼仪签署离婚协议，然后在家乡的《新浙江》上发表《徐志摩张幼仪离婚通告》，被视为中国第一桩文明离婚案。此前根本没有"离婚"一说，只有休妻的传统。因此，当时郭沫若大哥的想法，实际就是要弟弟休妻张琼华。

20 世纪初年，如果某女子被夫家休出，那将是自己和娘家莫大的侮辱。被休的女子，多半是作风问题，或其他难以启齿的原因，娘家的颜面也因此扫尽。所以，很多女子宁愿自杀，死在夫家，也不愿意活着被赶出家门。

郭沫若娶安娜并生子之后，他试图向父母提出与张琼华断绝关系，但无疑会遭到强烈反对。郭父郭母都是深谙旧有道德礼仪的人，休了张琼华，等于毁掉了苏溪张家的名声，而且本家也会落得不仁不义的恶名。更何况，张琼华在二老的眼中，是个不折不扣的好媳妇，他们不忍心让郭沫若走到休掉张琼华的地步。

于是，在认真思考了大哥的建议后，在听取了父母的意见后，郭沫若就个人问题回信大哥，大抵意思是：离掉张氏，我思想没有那么新；二女同居，我思想没有那么旧。不新不旧，只好这么过下去。

郭沫若回大哥的信，其间的无奈溢于言表。他既不可能与张琼华离婚，也不可能与张琼华及安娜两位妻子同时起居。不管郭沫若承认自己的思想是新是旧，他最终没有和张琼华离婚却是事实。也许正是因为没有和张琼华离婚，他为了逃避见面时的尴尬，干脆选择了留在上海，拒绝了兄长回川工作的建议。

在历史的风尘与岁月的篱笆之外，我们也许更能理会郭沫若当时的心迹，其无奈的选择中，多少也流露出对张琼华的在意，以及对她的某种怜悯和不舍。

十

张琼华与郭沫若的婚姻，因为安娜的闯入而遭遇的风浪总算是平息了。度尽劫波夫妻在，但在张琼华的婚姻故事里，她与郭沫若没有相逢，更没对视一笑而复归于好的场景。

没有期待的日子，平淡如水。在孕育收获的夏季，郭沫若离开了沙湾，从此与妻子张琼华分隔万里。门前的溪流日夜唱着淙淙的歌声，张琼华在沙湾的日子冗长而寂寞，夜晚的凄清和孤独更是无人倾听。巷尾不时传来几声狗吠，赶夜路的人纷纷归家了，张琼华在猫头鹰的嘀咕中睡卧难安，常常在打鸣的鸡叫声中沉沉地睡去。丈夫远行、闯荡天涯，几十年不知归期。对一般的女性来讲，这是无法容忍的事情，但对张琼华而言，或许只是恪守传统的妇道而已。在家孝敬公婆、料理家务，空闲时想想陌生的丈夫，他在陌生的国度、陌生的城市做着她陌生的事情。

人们常常认为，张琼华受封建礼教的束缚，作为乡下女子，没有接受新思想，只知道婚后愚忠夫家。因此，郭沫若东渡日本，对她这位没有觉悟的女性来说，似乎可以用沉默的生活来搪塞一切。至于她内心的真实想法是什么，究竟心生多少怨恨，对郭沫若的情感有几许等诸多问题，则很少有人站在张琼华的角度，去认真思考和厘定。

命中注定的劫难，张琼华当然无力反抗，但也不能说她的内心没有怨言和抗争。长夜漫漫，张琼华几十年如一日地思考着同一个问题，那就是她与郭沫若的关系。对此，她一定会有深刻的想法，只是作为弱者的她，没有机会和场合表达自己的情感。她最后那么淡定地生活着，内心一定曾翻滚着沧海波澜，尔后参悟了人世间的情缘和聚散，面对与郭沫若的情感纠葛方才如此释然。

如此而论，张琼华是伟大的，因为她在婚姻的逆境中悟透了生活的真谛，在等待郭沫若的失望中学会了生存。更为重要的是，她用一个女性羸弱的肩膀，肩负起了一段凄惨而又传奇的爱情。她从一而终，不卑不亢，又不离不弃，哪怕容颜苍老。

第四节　青丝变白发的相聚

张琼华与郭沫若结婚后，一直住在沙湾郭沫若家里，无怨无悔地照顾着郭家父母，同时无望地等待着夫君的归来。二十六年漫长的时光无法用情感来丈量，张琼华和郭沫若的夫妻情分本就脆弱不堪，漫长的日子里积累了想念，也增添了无尽的抱怨。但即便如此，相见的喜悦总会盖过往昔的痛楚。

一

抗日战争爆发后，多少无辜的家庭流离失所，妻离子散。随着日本全面侵华战争的推进，国民党不得不迁都重庆，作为国民政府军事委员会政治部第三厅的厅长，郭沫若也随着大批人群迁居大后方重庆。

自古巴蜀一家，重庆与成都相邻，这给郭沫若回家省亲提供了难得的机会。早在抗战爆发前、郭沫若留学回国的时候，他就应该回家拜见父母双亲。但由于家庭关系复杂，他不能面对沙湾老家的张琼华，又不能伤了安娜的心，所以在回家的道路上始终踏不出第一步。

郭沫若先后两次拒绝了回乡工作的机会。第一次是毕业前夕，大哥来信让他回成都工作，由于思想不够新，也不够旧，他在张琼华和安娜支撑的天平中摇晃不定，最后决定留在上海。第二次是重庆红十字会医院聘请他作院长，并专门带给他一千两银子的汇票，以用做返回重庆的路费，但他还是因为无法面对两位妻子的家庭矛盾，拒绝了重庆方面的聘请。

这期间，算起来郭沫若还有第三次回家的机会。1932年3月25日，对郭沫若疼爱有加的母亲杜邀贞去世，但由于他远在日本，未能回家见母亲最后一面，这成为郭沫若日后心中无法治愈的伤痛。兄长郭橙坞代写的祭文中有如下措辞："我行国门不能入，我行家山不得归，父母鞠育深恩，付之一场梦幻，生不能侍晨昏，病不能奉汤药，死不能祝含殓。"[1] 此言正好表达了郭沫若当时愧疚的心情，这也是为什么1939年回乡时，他在家乡群众面前演讲时，第一句话就说自己是个"不肖的子孙"。

一次次返乡，又一次次与家乡擦肩而过。郭沫若回家的心情，比谁都迫切，但同时，又比谁都难为情。他此时还是最怕见到张琼华，前两次拒绝回乡工作，当时因为安娜与孩子们无法安置。等到自己只身一人回到中国后，打算再度回家时，却又有了于立群和孩子郭

1 龚继民、方仁念：《郭沫若年谱》（上），天津：天津人民出版社，1992年，第268页。

汉英，他不得不再次陷入尴尬的回乡旅程中。

1939 年 2 月，郭沫若的侄儿郭宗瑠来重庆探望叔父，与其时同在三厅工作的侄儿郭培谦叙述了家中的变故，谈到了全家老小对郭沫若的想念，勾起了郭沫若浓厚的思乡愁绪。

乡思成灾，再艰难的见面也抵挡不住郭沫若回家的脚步。

二

1939 年 2 月底，身居要职的郭沫若"告假两周，携乘同在三厅工作的侄儿郭培谦乘水上飞机回沙湾探望父亲，此为二十六年来第一次回家乡。"[1]

郭沫若这次可谓是衣锦还乡，回家的场面浩大，沙湾的父老乡亲以及各行各业的头面人物，都聚集在场镇的入口，浓重欢迎他荣归故里。郭沫若在商界组织的欢迎大会上，表达了这些年在外闯荡的艰辛和对故乡的思念。

郭沫若与家人相处的时间有限，他十分珍惜来之不易的返乡之旅。他向家里的男女老幼表达了他的想念之情，并劝慰家人支持革命，为国家和民族奉献微薄之力。

母亲是郭沫若一辈子尊重和爱戴的人，但也是他一生中亏欠最多的人。《论语》中的《里仁》篇中有语曰："父母在，不远游，游必有方。"所谓"游必有方"，无非是说即便不得已要远游的话，就得安排好家中的一切，尤其是父母的赡养和衰老疾病。郭沫若东渡日本求学多年，回国后也没有返乡拜见父母，然后又流亡日本，

张琼华：郭沫若家中「一世的客」

1　龚继民、方仁念：《郭沫若年谱》（上），天津：天津人民出版社，1992 年，第 418 页。

家母去世后也不能送终，这是多么不合礼仪的行为。

所以，郭沫若此次回家，最要紧的事情就是去探望九泉之下的母亲。3月初，满山梨花开放的时节，郭沫若在家人的陪同下，赶往峨眉县安川乡的罗河坎，给母亲扫墓。郭沫若望着四周的新绿，又低下头看着母亲的坟墓，心中涌起阴阳两隔的辛酸。母亲生前的一言一行又浮现眼前，令人心生悲哀，不知不觉中泪已成行。

3月9日，是郭沫若父亲郭朝沛八十六岁生日，郭沫若与亲朋好友为父亲祝寿。郭父认为抗日期间，国家有难，个人生日不宜铺张浪费。于是郭沫若与兄弟姐妹们，在家中绘画吟诗，共度父亲生日。

1939年3月10日，郭沫若公务缠身，不得不告别家乡，返回重庆投入到革命的洪流中。

三

郭沫若阔别故土二十六年后，再度回到沙湾，回到那个曾经与张琼华举办过婚礼的地方。除与家人交流感情外，郭沫若还必须面对婚姻旧人张琼华。

庭院深深，老屋前面的桂花树高出了房顶，繁茂的枝桠四处伸展。树底下的房子，已不复当年热闹的模样，郭家子孙人才辈出，大都走出沙湾，留在老家的人越来越少。张琼华依旧住在那间昔日的洞房里，她的容颜就如这院子里的景象，凋零和寂寞写满了无奈的两颊。

郭沫若回乡那天，沙湾惊动了，全镇的男女老幼聚集在街口，迎接久别的亲人回家。张琼华早在二十六年前就盼望这一天的到来，当郭沫若真的回来时，她一时又不知所措，六神无主。归去来兮，郭沫若如今身居要职，而且在他生活中先后出现过两位女性，张琼华作为一个农村妇女，她知道自己的身份和地位，知道自己与当年的夫君隔着多么遥远的距离。

张琼华与郭家大小一道，站在拥挤的人群中，等待郭沫若的出现。当郭沫若出现在眼前时，她竟然不相信自己的眼睛。她看到的似乎不是郭沫若，曾经的郭家八少爷，现在神采奕奕，身着制服，在工作人员的陪同下，在一大群人的簇拥下，出现在沙湾的场口。

无数个不眠的夜晚，张琼华透过窗口银白光亮的月色，想象郭沫若此刻正在干什么，想象他们久别重逢的激动时刻。四周起伏的群山，默不作声地陪伴着她，松林也为她奏响了寂寞的乐章，张琼华在幻想中进入梦乡。

在想象中，郭沫若距离张琼华很近，可当他真实地出现在眼前时，她又觉得他是那么远。此刻的郭沫若对张琼华而言，是陌生的，他的心情和秉性，已非她的想象能及。

最终，在这场热闹的欢迎仪式中，张琼华的内心更觉孤独，她如同一位普通的欢迎者，夹杂在人群中，被郭沫若忽视了。

四

郭沫若1939年回家，他是如何面对张琼华的，又是怎样和张琼华相处的？这本是让郭沫若为难的问题，也是让人们感兴趣的话题。凡是关心张琼华的人，都不免为她捏了把汗，希望她不要被残酷的现实击垮。

从日本留学回国前后，郭沫若在回复大哥的信件时，毅然决定维持与张琼华的婚姻现状，除自身思想不够新之外，恐怕也与郭家父母对张琼华的态度有关。郭母在去世的时候，还巴望着八儿的归来，也为日夜照顾和守护自己的儿媳妇张琼华担忧。她已年近五十，青春的韶华时光早已荡然无存，可依然茕茕孑立，无儿无女，将来更不知道如何生计。因此，郭母临死时的遗言是："他日八儿归来，必善视吾张氏媳，毋令失所。"

想必郭沫若听说了母亲临终前的话，因此最终没有抛弃张琼华。此次回家，又听了父亲和姐姐的言动，因此郭沫若对张琼华还算礼貌客气。他知道自己离家出走后，张琼华为自己尽了孝道、悉心照料父母，内心十分感激。所以，郭沫若要对张琼华行跪拜之礼。

已是大人物的丈夫，要给自己行跪拜之礼，真是折煞了张琼华。她惊慌失措，语无伦次，立马上前制止了他的行动，但郭沫若执意要表达内心的谢意，于是改为给张琼华作长揖。客气其实意味着生分，也意味着郭沫若和张琼华的夫妻情分已尽，二人转化为朋友或者亲人关系。

至少郭沫若是愿意和张琼华交流的，虽不是夫妻亲密的情感交流，但也足以让张琼华幸福和高兴一辈子。此刻，只要郭沫若一句感谢的话，就足以让她认为自己辛勤的付出和漫长的等待，都是值得的。

当一家人围坐在桌子旁聊天时，张琼华一言不发，郭沫若主动关切地问她这些年的生活。这一问，让张琼华再也控制不住情绪，一时泪流满面，无语凝噎。在座的郭家人都理解张琼华的难处，也不免跟着伤心难过起来。郭沫若诚恳地给张琼华说，这些年苦了她，他对不住她。那一晚的家庭团聚会，因为张琼华与郭沫若的相见，涂抹上了一层忧伤的色彩。

当郭沫若问到张琼华是否怨恨他时，张琼华沉吟了一会儿说，她没有怨恨，如果没有当年的出走，哪有丈夫今天的成就呢？多么伟大的张琼华，她愿意牺牲自己的婚姻，牺牲自己的青春，去成就丈夫的事业。这个大度且包容的回答，恐怕连郭沫若都没有想到。

农历二月的峨眉山，春天的脚步还没有抵达，山中的冷气在下半夜更透心骨。不知不觉中，已是凌晨，一家人在不舍中各自回房休息。

五

根据坊间的传说，郭沫若此次回家，与张琼华并非止于推心置腹的交流，他们还在曾经的新婚洞房里同居数日。[1]

从新婚之夜起，郭家人就知道郭沫若不愿意与张琼华同房。因此，郭沫若这次回来，姐姐就在张琼华房子的外间，专门给郭沫若准备了一张床。郭沫若的卧室与张琼华卧室相通，只是隔了一扇未上锁的门。晚上，姐姐留意观察郭沫若到底会单独睡在外间，还是到里间与张琼华同住。令一家人感到高兴的是，郭沫若推开了张琼华的房门，走进了她的卧室。

那一夜，也许他们两人都没有睡意。时光沉默不语，二十六年转瞬即逝，他们堆积了太多的心里话，一夜岂能诉尽。又或者，他们早已没有向对方敞开心扉的意愿，特别是对郭沫若而言，他对张琼华从一开始就没有多少感情，更何况又隔了这么长的时间，隔了这么广的空间。他们也许就如久别重逢的朋友，相互安慰对方，鼓励彼此，唯愿生活静好。

1 参见桑逢康：《郭沫若与他的三位太太》，武汉：湖北人民出版社，2009年，第245页。桑先生的依据为张咏所写《郭沫若和他原配夫人的一段往事》，《龙门阵》，1990年第3期。

在家的日子，郭沫若时时刻刻都被张琼华的情意感动。结婚用的房间，一如当年离家出走时的模样，自己写回来的家书，张琼华按照时间一封一封地叠放起来。每件与郭沫若有关的东西，都被张琼华完好地保存着，犹如呵护他们之间脆弱的婚姻。

在家的时候，郭沫若专门给张琼华题写了两首诗，并注明"书付琼华"。郭沫若开玩笑说，将来她没有钱用了，可以把这幅字拿去卖几块大洋。张琼华对此感动不已，说就是饿死也不会出卖他的亲笔字。

郭沫若波澜不惊地完成了多年来还乡省亲的夙愿，并处理好了悬在心头的与张琼华的关系。从郭沫若回家的行为细节中，我们可以看出他对张琼华的态度是和善的，至少在道义的层面上，他自觉有愧于张琼华。

因此，回家探亲的短短半月里，郭沫若与张琼华之间友好地度过了他们生命中屈指可数的"美好时光"。

六

郭沫若1939年2月底回家省亲，在家住了半个月时间，然后就匆匆地踏上了返还重庆的旅程。是年的3月9日，郭沫若还在家中祝福父亲86岁生日，可到了7月5日，却意外收到家父去世的消息。郭沫若不得不于7月11日再次回到沙湾，这次同行的人有于立群和他们的孩子郭汉英。

也许是为了避免于立群与张琼华见面的尴尬，也许是孩子太小行动不便，郭沫若2月底回家没带亲眷。但这次父亲去世，携妻儿奔丧是对父亲的尊重，也是对于立群的尊重。

父亲去世后，郭沫若曾试图辞去第三厅的工作，但社会各界人士都坚持让他继续工作。无奈之下，他只能告假回乡。郭父去世的消息传开后，国共两党和政要均纷纷致辞哀悼。郭沫若曾作文《祭父亲》，说父亲的去世引起了社会的广泛关注："内则上而国府主席、党军领袖，下而小学儿童、厮役士卒，外则如敌国日本反战同盟之代表，于吾父之丧，莫不表示深切之哀悼。"[1] 国民党蒋介石、共产党毛泽东、周恩来等都为郭父撰写了挽联。

7 月是四川的雨季，是大渡河涨水的汛期。郭家老屋的地面返潮时，蜻蜓降低了飞行的高度，丛林间的知了停止了呐喊，预示着一场大雨的来临。沙湾镇前面的铜河，由于河床较低，河道窄小，急骤的暴雨来不及将洪水疏通到大渡河，便溢进了街道和房间。停放郭父灵柩的屋子也进了洪水，人们不停地排水，不断地垫砖抬高灵柩的位置，才让灵柩幸免于洪灾。

根据地方习俗，郭沫若 1939 年 8 月留在家里给父亲守丧。母亲去世时，郭沫若远在日本，海天相隔，阴阳相隔，痛苦不堪却又无能为力，等到家书告知此事时，母亲早已躺在了青山绿水之间。而这次父亲去世，自己近在重庆，再繁忙的公务也牵制不住他的孝心，他决定留在沙湾守丧一个月。

9 月初，郭沫若独自一人回重庆办理公务，后于 10 月 16 日再次回到沙湾，为父亲举行营葬。此次回家，郭沫若待的时间很长，一直到 1939 年 12 月上旬，才携带于立群等人离开沙湾去往重庆。

1939 年期间，郭沫若断断续续地在沙湾居住了近四个月之久。但这也是郭沫若与家乡沙湾的最后机缘，他从此再也没有回来过。

张琼华：郭沫若家中「一世的客」

1　龚继民、方仁念：《郭沫若年谱》（上），天津：天津人民出版社，1992 年，第 431 页。

七

张琼华如何面对于立群、如何处理她和丈夫第三任妻子的关系，自然成为郭张二人关系的重要内容。张琼华在不幸的婚姻中沉浮半生，精神和情感的巨大压力让她练就了从容与淡定的个性，她在面对于立群时表现出超然的大度和热情。

人们一直在揣摩张琼华的心理、关注她面对于立群时的态度。也许，在张琼华的心中，她知道凭自己的长相和学识，不配做郭沫若的妻子；又或许她知道，只要她在郭沫若心中以妻子的身份存在，不管他的感情生活发生多大的变化，她都已知足。当然，张琼华面对于立群时，还有一种可能的心理，那就是她居于传统的女性角色，认为丈夫纳妾是正当的，自己作为大太太应该识大体，不与于立群这位三太太争风吃醋。

但不管是出于什么样的心理，对于一位长期居住在峨眉山脚下，几乎足不出户的乡下妇女来讲，都是情有可原的，都是值得理解和同情的。丈夫有了第三任妻子，对于任何女性来说，最本能的反应便是被抛弃了，丈夫移情别恋了。由是，心中难免涌起一阵阵强烈的失落感，做出怪异之举也在所难免。

但实际上，张琼华非常坦然而游刃有余地处理了她与于立群的关系，二人之间友好而和谐。她把房间收拾得干干净净，让给郭沫若和于立群居住。在起居饮食上，像一位保姆那样细心地照顾于立群。据说，当时于立群生孩子后十二个月，处于哺育期的母亲非常需要营养，张琼华隔三差五地给她杀鸡宰鱼，照顾得十分周到，全然没有生分的感觉。张琼华已经将自己融入了郭家，要以地主之谊招待好于立群这个外来的媳妇。

　　不仅如此，张琼华还协助于立群带孩子。于立群无法脱手的时候，张琼华总是抢着去抱汉英，完全掩饰不住对孩子的喜爱之情。从另外一个侧面，也可以证明张琼华与于立群相处融洽。那就是郭沫若9月初回重庆的时候，将于立群和孩子留在了老家。试想，如果家里的氛围不好，张琼华成天与于立群冷眼相向，郭沫若忍心将母子二人留下吗？

　　或许人们会认为，张琼华没有生孩子，所以她十分羡慕别人的孩子，才表现出对孩子的亲近；也有人认为，张琼华依然深深地爱着郭沫若，但苦于她与他没有孩子，所以即便是于立群之子，只要郭沫若的孩子，她都会喜欢。

　　种种说辞，难免会抹灭张琼华的一片真心。其实，张琼华接触过很多郭家的小孩儿，她能够如此善待于立群和她的孩子，更多的是出于对郭沫若的情感，她要为丈夫照顾好他喜欢的人。

八

　　沙湾是郭沫若的故乡，也是张琼华托付终身的地方。

　　不管沙湾对郭沫若意味着什么，是他想无限逃离的囚笼也罢，或者远走高飞的起点也罢，这都不是张琼华眼中的沙湾。在张琼华朴实的眼中，沙湾寄寓了她无限美好的生活憧憬，也是她安放一生的地方。不管是芳华灼灼的青春岁月，还是满头白发的迟暮之年，她都将在此与郭沫若的幻影厮守下去，直到生命的尽头。

　　门前那条河流，是张琼华心中永远流不断的情线。郭沫若1913年7月从那里顺水而下，出了夔门，去了津京，然后飘去东洋，从此与张琼华生活在两个不同的世界里。

那一去，便是二十六年。在无望的等待中，门前的河流带着张琼华的相思，绕过千万重云山的阻隔，奔流到东海，与郭沫若在太阳升起的地方相聚。

1939年12月，郭沫若离开沙湾，从乐山乘坐快船，顺江而下，奔赴革命的征途，从此再也没有回到故乡沙湾。

那一去，便是一生的分离。随着年龄的增长，生活的磨练，张琼华对郭沫若的情感虽有变化，但她仍然是郭沫若的妻子，郭沫若仍然是她唯一的丈夫，对他的守望有增无减。门前的河流，在季节的更迭中，倾听着张琼华内心的情愫，把她的诉说带给远方那位符号化了的夫君。

炎热的夏夜，张琼华摇着蒲扇，坐着院子的槐树下纳凉，她望着群山之上的苍穹，想着自己一生的际遇，不禁陷入了回忆。在她入神发呆的时候，眼中出现了如此美景：

> 远远的街灯明了，
> 好像闪着无数的明星。
> 天上的明星现了，
> 好像点着无数的街灯。

此番景致，衬托出年迈的张琼华内心是多么寂寞、孤独和凄清。少女的梦想，历经残酷现实的过滤，只剩满腹无人倾听的忧伤，和满头霜白的发丝。

长夜漫漫，青灯如影相随。

第五节　夕阳余晖下的亲情

懵懂时期的婚姻，到底没有让郭沫若和张琼华成为一辈子的怨男怨女，诸种无法言说的曲折遭遇和情感劫难，历经岁月的演变，沉淀为一份亲情和责任。张琼华作为郭家明媒正娶的媳妇，是谁都无法否认的事实。当年，郭沫若一再推迟归期，有意回避与张琼华正面相见，但他终究没有绕过这位结发之妻。待到1939年回家之后，他终于打开了与张琼华的心结，从此以礼相待，关心并照顾着她的生活。再后来，他们都老了，俨然亲人一般对待彼此。

一

郭沫若1939年离开乐山之后，张琼华又开始了孤独而漫长的生活。

该时期的张琼华，比以往任何时候都过得艰难。之前，只要郭沫若的父母在世，他们都会处处护着张琼华，把她视为亲生女儿。郭母去世前，亲自嘱咐家人要敦促郭沫若照顾好张琼华；郭父遵照老伴的遗言，也处处为她着想，从不委屈这位儿媳妇。

1939年12月，随着郭沫若的身影消失在大渡河的浓雾中，张琼华便迎来了生命中更加艰难的日子。她成了一位真正意义上的孤寡老人，家里空荡荡的，昔日照顾郭家父母时，虽然劳累，但至少有人陪着说话，至少有人理解并爱护她。如今，家里连个说话的人都没有，大小事务均靠她独自一人完成，日子苦不堪言。

实在无聊的时候，张琼华拿起抹布，一遍又一遍地擦拭着新婚洞房的家具。哪怕她与郭沫若在这间房子里共同生活的时间不足百天，哪怕从今以后她也许再也见不到丈夫，但只要看到这些家具，看到他送给自己的书画，张琼华的内心就会温热起来。

每逢大年十五元宵节的时候，张琼华总会想起她和郭沫若结婚的日子。虽然那时年轻，不懂得把握幸福的机会，但结婚的场景还是那么清晰地印在大脑里，挥之不去、弥久更新。想想那时夫君的样子，她万万没有料到他会有今天的出息，但也万万没有料到自己一生会如此孤独寂寞。

命运真是个琢磨不透的东西，张琼华想到这些虽有些怅然，但却不再发出叹息，她已经认命了。偶尔想起往事，想到无望的未来，或者又想起远方的郭沫若，张琼华有时会不自觉地流下眼泪。

命中注定如此落寞，张琼华无力反抗，只有默默承受。

二

张琼华是位朴实无华的女性，她身上聚集了中国农村妇女共有的优秀品格：不贪图荣华富贵，不为金钱和地位迷惑，自始至终过着自食其力的生活。

郭沫若的父母去世后，家产分给了四个儿子。家人写信征求郭沫若的意见，如何处理他那份家产，郭沫若毫不犹豫地将遗产归到了张琼华的名下。他当时的考虑是：张琼华作为小脚女性，只会待在家里做些家务，外面谋生计的活儿不会干，将自己的那份祖业转给她，每年收数十担租谷，基本可以保证她的日常生活。从 1939 年至土改期间，张琼华就是靠着几十担租谷，在沙湾过着简朴的生活。

解放后掀起的土改运动，让很多人一夜之间失去了土地，变为真正的"贫农"。张琼华正是在这场土改运动中，失去了收租的生活来源，从此流落街头，靠卖小吃和小手工制品为生。那时候，郭家人都纷纷走出沙湾，张琼华也不得不搬到乐山居住，她的生活几乎陷入了入不敷出的穷困地步。

可谁曾想到，那个每天坐在街边檐下卖小吃的老太婆，就是当今国家重要领导人郭沫若的夫人。又有谁会想到，她在沙湾生活的日子是那样让人感伤，她与一代文豪之间欲说还休的爱情故事是那样让人肝肠寸断。

日子在艰难与平淡中一天天地过去，张琼华也一天天地老了，满头白发掩饰不住岁月的沧桑。

三

张琼华确实老了，一双小脚也不听从使唤，连走平路都开始感到困难。她再也不能自食其力了，生活变得更加艰难和无望。

郭家侄儿侄女实在不忍心看到这位善良的婶婶就此自断活路，建议她给郭沫若写信求助。一开始，张琼华怕给郭沫若添麻烦，她知道他日理万机，无暇顾及这些小事。但生活还得继续，吃饭穿衣还得花钱，她在穷困现实的逼迫下，只得让侄儿郭宗瑨提笔替她写信，希望郭沫若每月给她邮寄十五元生活费。

郭沫若收悉家信，知道张琼华的难处，并遵照她的想法，每月定期邮寄十五元生活费到乐山。张琼华收到汇款后，总会给郭沫若寄去回签，表示钱已经收到，生活基本安好。郭沫若后来根据物价上涨的情况，不断变更给张琼华寄钱的数量，目的只有一个，那就是他希望她能吃饱穿暖，弥补对她大半辈子的亏欠，或者说为他的亏欠做力所能及的补偿。

1978 年 6 月 12 日，郭沫若在北京不幸病逝。张琼华很久都不知道郭沫若去世的消息，只是她接连几个月没有收到他邮寄的生活费，心里感到很纳闷。郭家人知道，张琼华是爱着郭沫若的，一直把他视为丈夫，他们担心 88 岁高龄的张琼华得知郭沫若去世的消息后，无法承受内心的打击，于是有意向她隐瞒了实情。

郭家人向国务院反映了这一情况，后由政府出面，每月给张琼华邮寄生活费，郭沫若去世后欠下的三个月费用，也一并补足。

人老了，再也走不动了。张琼华每天搬一张凳子，坐在屋门前，静静地看着从她身边走过的每一个人，然后抬起头来，望一望翻滚着云朵的天空，有鸽子结伴飞过。

她的心思又去了远方，又去了很久以前的沙湾……

四

张琼华与郭沫若的婚姻跨越了三个不同的"朝代"，三种不同的社会制度和婚姻法规。从法律的角度来讲，究竟应该如何定位张琼华与郭沫若的关系？

郭沫若去世后，国务院根据郭家人的申请，每月给张琼华补贴生活费用。从这件事情来看，表明郭沫若与张琼华的夫妻关系是得到了新政府认可的，倘若张琼华与郭沫若非亲非故，政府是不会给她发补贴的。早在郭沫若从日本留学回国之初，他就做出了选择，要维护和张琼华的夫妻关系，并没有离弃她的想法。那时，张琼华与安娜同为郭沫若的妻子。

中日战争爆发后，安娜在日本与郭沫若相隔两地，相见不易，加上革命工作的需要，郭沫若与于立群结婚。在事实上，郭沫若同时与张琼华、安娜、于立群三位女性维持着夫妻之名。这是让郭沫若感到头痛的问题，他曾亲自就"重婚"向毛泽东"请罪"，然而主席的回答是维持现状，"得过且过"。

从法律的角度来讲，张琼华与郭沫若的婚姻经受了最严酷的考验。首先是清末时期的婚姻习俗，只要郭家和张家交换了婚书，男方向女方递送了彩礼，举办婚礼后就算是合法夫妻了。张琼华与郭沫若的婚姻经受了这重考验，但到了民国时期，郭沫若与日本人安娜的事实婚姻，是否对张琼华的身份构成影响呢？民国时期是一个开化的时代，"父母之命，媒妁之言"已经变得不合时宜了，《中华民国法》中有的《亲属编》专门对婚姻作了规定，即结婚双方必须持有婚约。而郭沫若没有根据新的法律，和张琼华解除婚约，说明他们从清末就开始的夫妻关系，在民国时期依然受法律保护。

到新中国成立后，新的婚姻法明确要求一夫一妻制，郭沫若的婚姻便成了一个棘手的法律问题。谁才是郭沫若唯一合法的妻子呢？安娜在新中国成立后，携子从日本赶来，要求面见郭沫若，政府领导人出面，把她和孩子安顿妥当了，远居大连或上海两地的安娜与郭沫若不再有夫妻之实，只是偶尔通信联系。张琼华一直居住在偏僻的乐山，几乎成为郭沫若生活中的空白内容，与郭沫若只有亲人般的关系。于立群从 20 世纪 30 年代开始就和郭沫若生活在一起，是在中国共产党的关心下步入婚姻殿堂的，她理应在一夫一妻制度下，成为郭沫若的合法夫人。

但是，在新的法律制度面前，我们如何去看待历史的遗留问题？

张琼华：郭沫若家中「一世的客」

郭沫若与张琼华的婚姻，历经清朝和民国两个时期，是否到了社会主义新时代就自动宣告失效呢？无论是从情感的角度，还是从法律的角度，我们都会包容二人的婚姻关系。这不是某个人的错，而是时代造就的不合时宜的婚约，与其生硬地割裂，毋宁完好地保留。郭沫若与张琼华结婚的时候，婚姻关系主要是由家族的宗法制度和社会礼仪及习俗来维护，因此，我们倘若以此为依据去处理张琼华的婚姻，还得站在这样的立场上，方可给当事人合乎情理的裁断。

每个人都有自己特殊的经历，更何况遇上了那个变化多端的时代，个人的命运和婚姻就如同浮萍。我们不能用新的规则去评点旧事，而只能回到原初的语境中，方可理解当事人选择的合法性。对待郭沫若的婚姻同样应该如此。

五

从 1939 年 12 月郭沫若离开沙湾，到 1978 年 6 月郭沫若去世，在近 40 年的时间里，张琼华几乎再也没有见到郭沫若。他们之间隔着农民和国家领导人的社会距离，隔着四川到北京的地理距离，但他们的相处却在平淡中透露出无限亲情。

张琼华心中一直装着郭沫若，无论时间如何流转，他都是她今生唯一的夫君，是她此生唯一爱过的人。每逢秋天，家乡的咸菜和豆瓣酱制成之后，张琼华总会去邮局，把精心调制的特产邮寄到北京。她能想象，郭沫若吃饭时伴着家乡的味道，一定会胃口大开，多吃一些饭，身体会长得更好。这也是她这位乡下妻子，表达对丈夫思念和爱意的最好方式。

1963 年，张琼华到了北京，去探望分别二十四年的郭沫若。有人说，郭沫若和张琼华在北京见了两次面，二人谈了谈家常，郭沫若并专门做了她爱吃的菜。也有人说，郭沫若这次没有和张琼华见面，只是秘书王廷芳陪她游览了北京的名胜古迹，逛了北京的商场。张琼华担心花费郭沫若过多的钱，什么都不愿买，好不容易在王廷芳的劝说下，买了一匹黑色的灯芯绒布料。

后来，郭沫若吩咐王廷芳给张琼华买了热水壶和铝锅等生活用品，让她带回乐山使用。在物质匮乏的时代，郭沫若能给张琼华买这么多礼物，也算是对他们名义上的夫妻身份的肯定。因此，不管郭沫若是否与张琼华在北京相见，"此物最相思"，郭沫若吩咐秘书给张琼华买的礼物，足以说明他没有忘记她，也没有抛弃她，尽管这种相念或不离不弃只是一种道义层面的行为，不含任何夫妻情分。

20世纪80年代之后，乐山开始筹建郭沫若纪念馆，并修缮沙湾的郭沫若故居。有领导找到张琼华，希望她能把与郭沫若结婚时使用的木床和柜子等家具献出来，放到沙湾旧居里供游客观赏。让人没有想到的是，张琼华不要政府分文，毫无保留地捐献出了手中所有的郭沫若遗物。

当年洞房中的所有对象，对张琼华而言都是心爱之物，她不断地擦拭，不断地抚弄，就像一位慈祥的母亲对孩子一样，充满了无限的喜爱之情。当然，张琼华捐献出去的家具，对她而言更像是自己的恋人，在无法记清的日日夜夜里，它们伴随着她度过了艰难的日子。同时，看到这些家具，张琼华就像见到了郭沫若一样，心里踏实而高兴。

因此，要将这些东西捐献出去，张琼华内心一定有太多的不舍。但换个角度，只有将这些东西拿出来，由政府派人专门保管和收藏，才能让与郭沫若有关的东西长久地存在下去，才能让后人进一步了解大君的生活。这是一种更伟大的爱，张琼华义无反顾地选择了捐赠。

1980年，张琼华在乐山去世，时年90岁。她静静地结束了自己寂寞的一生，满腹幽怨，又或者无怨无悔。

朱安：母亲送给鲁迅的"礼物"

鲁迅是中国新文学史上当之无愧的大师，由于他对旧社会和国民性的深刻批判暗合了中国社会革命的方向，使其成为新中国成立后文学界的一面伟大旗帜。长期以来，为了维护鲁迅的高大形象，人们很少去谈论他曲折的婚姻，即便有人论及此话题，也多是提及他与许广平的革命友谊，朱安却被有意地遗忘了。实际上，作为鲁迅的第一位夫人，朱安与鲁迅生活的时间长达二十多年，他们婚姻生活中的是非曲直，早已超出了爱情婚姻的个体范畴，成为那个时代所有旧式女性与新派知识分子婚姻的缩影，具有十分鲜明的代表意义。

第一节　母亲娶回的媳妇

很多年以后，安居北京的鲁迅在和留日好友许寿裳谈心时，说到自己与朱安的婚姻，不免面色沮丧，眼神黯然。鲁迅去世后，许寿裳在《亡友鲁迅印象记》之《西三条胡同住屋》中，依然记得他说过的话："这是母亲给我的一件礼物，我只能好好地供养它。爱情是我所不知道的。"[1] 言下之意，鲁迅与朱安结婚，并非源于感情，

1　许寿裳：《鲁迅传》，长春：吉林人民出版社，2014 年，第 52 页。

而是对母亲恩情的报答。不过，此话无意间流露出鲁迅对朱安缺乏必要的尊重，因为作为有尊严的个体，朱安岂能被视为"礼物"馈送？而站在朱安一方来讲，她在无意间嫁错了郎君，在没有任何过错的情况下，被丈夫排斥在他的生活之外，这该是莫大的悲哀。

——

1898年，在朱安之前，鲁迅曾有过一次不成功的提亲。

鲁迅在家中排行老大，男大当婚，所以快满18岁的时候，母亲开始为他的婚事操起心来。祖父犯科举被关在大牢里，父亲生病不治而亡，周家几经变故，早已不复当年大户人家的模样。因此，母亲为鲁迅物色的对象，也不得不受现实条件的限制。

按照旧时不成文的规定，婚姻讲求门当户对。对于周家这样的破败户，自然高攀不上显赫人家，母亲决定向鲁迅的小舅父家提亲。小舅父是乡里的医生，家有四个女儿，个个都上私塾，能文会道。大女儿琴姑娘，比鲁迅小两岁，年龄相当，知书达理，小时候常和鲁迅在一起玩耍，彼此了然于心。

琴姑娘与鲁迅虽说不上青梅竹马，但能玩到一块儿，也属难得。清末时期的婚姻，人情成分大于自然规律，近亲结婚被认为是亲上加亲，是乡间广为流传的联姻方式。琴姑娘和鲁迅彼此相知，而两家人又是亲戚，鲁家又主动提亲，照理说这门亲事就这么定下了。

然而，乡间定亲讲究的风俗太多。后经算命先生排的，断定琴姑娘与鲁迅的属相"犯冲"，两家不能联姻。本来周家就认为鲁迅天生薄命，刚出生不久就去寺庙求神，还拜了个和尚师傅来保佑他。如今，又遇上一个与他属相相克的琴姑娘，二人如果真的结婚，那鲁迅岂不是要折寿？考虑到这些，周家人就模模糊糊地淡化了这门亲事，不再有人提及。

多年以后，当鲁迅经历了与朱安婚姻的压抑之后，当他在名存实亡的婚姻中感到绝望的时候，不知道他是否会想起那个与他两小无猜的琴姑娘，也不知道他是否会想象与琴姑娘在一起的幸福生活。时间在单行道上行进，所有的假设都不可能在逆回中变成现实。合适的婚姻一旦错过，就永远不会再来敲打我们的心门，爱情的遗憾古今难免。

鲁迅从来没有在文章中提及琴姑娘，倒是琴姑娘对他一直念念不忘。琴姑娘不得已嫁给了别家，婚后不久便生病辞世，似与民间说法相左，她不但没有独守空房，没有命硬克夫，而是死得比丈夫早太多。倘若她当时嫁给鲁迅，或许其命运又会是另一种面貌。周建人在《鲁迅故家的败落》中曾谈起关于琴姑娘的往事，说她在临死时还说："我有一桩心事，在我死前非说出来不可，就是以前周家来提过亲，后来忽然不提了，这一件事，是我的终生恨事，我到死都忘不了。"[1] 想来，琴姑娘是一个多么钟情的女子，一个多么渴望得到幸福的女子；可偏偏时运不济，那个时代不知葬送了多少少男少女的幸福！

鲁迅与琴姑娘的婚事在旧观念中搁浅，但他们并没有因此走上婚姻的阳光大道，反而是踏入了又一条黑暗的河流，各自在不幸的婚姻中沉默地活着。在江南纷飞的柳絮中，年轻人的爱情与幸福始终是无法实现的幻影。

1　周晔编写：《鲁迅故家的败落》，长沙：湖南人民出版社，1984年，第242页。

周母鲁瑞眼见鲁迅年龄越来越大，还没找到合适人家的姑娘定亲，不免心生焦虑。与琴姑娘的亲事告破之后，她又开始为儿子寻觅别家的姑娘。

恰巧家住隔壁的远方婶婶谦少奶奶，与鲁瑞平日里走得很近，她知道周母的心事后，便打算把婆婆的内侄女儿介绍给鲁迅。据这位谦少奶奶说，朱家女儿名叫朱安，人称"安姑"，脾气很好，长相端庄，比鲁迅大三岁，年龄适合绍兴人"女大三抱金砖"的说法。在谦少奶奶的劝说下，鲁瑞便认定朱安是个好姑娘，一定符合儿子的要求，因此也就应允了这门亲事。

朱安与鲁迅的婚事在当时看来是符合常理的。虽然我们现在可能会做出很多假设，如果朱安和鲁迅没有相遇，那他们在后面的人生旅途中，也许各自都会过上幸福生活。但实际情况是，当时鲁迅家里衰败很快，父亲去世，祖父又在大牢里，一般人家瞧不上周家的大少爷，更何况像朱家那样有经济基础的富裕家庭呢。因此，仅仅从家庭情况来看，朱安是下嫁周家，而不是高攀周家。当然，朱家之所以会答应周家的提亲，也自有他们的苦衷，主要是自家女儿年龄偏大，人才相貌平庸，能够找到周家鲁迅这样有前途的年轻人做女婿，也算是合乎心意。

1899 年 5 月，在母亲的精心安排下，朱安与鲁迅的婚事有了很大的进展，两家开始进行实质性接触。

1901 年初，因科考夹带私舞弊的祖父周福清无罪释放，这对周家人来说无疑是天大的喜讯。此时，鲁迅的母亲希望把儿子的婚事定下来，让周家喜上加喜，于是便"遣人往丁家弄朱宅请庚"。[1] 周作人在 1901 年农历二月十五日的日记中，记录了此事。所谓"请庚"，就是将鲁迅和朱安的生辰八字放到一起，找算命先生测算二人是否相合，同时测定结婚的吉日。一旦周家有请庚的意愿，表明朱安与鲁迅之间的婚事已经定下，二人结婚的日子也被提上议事日程。

而实际上，朱安与鲁迅在 1901 年或次年并没有结婚。因为 1902 年鲁迅从南京矿路学堂毕业后，以第一等第三名的成绩获得了去日本留学的官费资格。那年 2 月 20 日，鲁迅从南京回到绍兴家中，与母亲和家人道别，然后去了日本，他与朱安的婚事就这样被拖延下去。

在日本留学期间，鲁迅曾在家书中希望母亲解除与朱家的婚约，让朱安另寻夫家，但遭到母亲的反对。那时候，鲁迅在日本接受了革命和维新的思想，但他对自己旧式婚约的处境却无计可施，真不知是何种心思影响着他的决定和行动。他每每想到要与一个小脚的旧式女性过一辈，就不禁悲从心出，无以释怀。

1903 年 8 月，在日本留学一年的鲁迅，因为思乡心切，趁学校暑假之际回到绍兴。鲁迅这次在家里待了一月有余，在 9 月 13 日启程返回日本。鲁迅在家期间，一定和母亲谈过与朱安的婚事，虽然没有得到母亲解除婚约的答复，但他与朱安也没有马上结婚。此后，除 1904 年 7 月祖父去世，鲁迅回家奔丧之外，他所有的寒暑假都是在日本度过的，没有再回故乡探亲。随着鲁迅的东去，他与朱安的婚事变得更加扑朔迷离，难有明确结婚的日期。

1904 年 4 月 30 日，岛国的樱树花事渐去，在温暖的空气中，

朱安：母亲送给鲁迅的"礼物"

1　周作人：《周作人日记》（影印本），郑州：大象出版社，1996 年，第 207 页。

鲁迅从弘文学院顺利毕业。他的心里灌注着救国救民的宏愿，与朱安的婚事变得无足轻重。

三

朱安，1878 年 6 月生于浙江绍兴城区的丁家弄。

朱家是当地的大户，朱安的祖上曾在扬州一代做过官，大约是知县。朱安出生时，家里有两幢三进的屋子，在当时的绍兴城里，朱安家虽不算大富大贵，但也可称为殷实人家。关于朱安家的情况，乔丽华女士多方求证并实地考察后，在《我也是鲁迅的遗物：朱安传》中有如下详细描述："那时山阴县丁家弄的朱家台门称得上是殷实之家，'台门'是过去绍兴大户人家的宅邸，造得都很讲究，朱家台门也不例外，它前临丁家弄，后接泥墙弄，里面有台门斗、厅堂、座楼、侧屋、天井等，厅堂内挂着'孝友堂'的匾。此外，台门里还建造有书房、小花园、石池、家庙等，处处可见题字和砖联，透露出士大夫的生活情趣。"[1]

朱安的父亲朱耀庭[2]思想活络，并非老实本分的旧式农民。朱耀庭常年辗转各地做"师爷"，也就是我们常说的幕僚；他曾经商多年，为一家人的生计东奔西走。可惜的是，朱耀庭去世较早，终年尚不足 50 岁。家里的顶梁柱倒塌了，朱家破落的趋势也就无可避免。

朱安的母亲俞氏是典型的家庭主妇。据裘士雄先生考证，朱母

---

1 乔丽华：《我也是鲁迅的遗物：朱安传》，上海：上海社会科学院出版社，2009 年，第 13 页。
2 关于朱安父亲的名字，综合现有的资料，有的认为是"朱跃庭"（李允经：《鲁迅的婚姻与家庭》，北京：十月文艺出版社，1990 年，第 17 页）；有的认为是"朱渭庭"（写作人：《周作人日记》，1901 年 6 月 15 日）；但普遍认为应该是"朱耀庭"

俞氏"旧时以朱俞氏称，绍兴张家溇人。她嫁到绍兴丁家弄朱家后，养育了朱安、朱可铭等子女。据其长孙朱吉人函告：'生于1854年10月17日（阴历），于1929年秋冬之际去世。'朱俞氏系传统女性，一生操持家务。"[1]

朱安在传统的家庭里长大，具备了旧时代所有女性的优点。朱安性情温和，孝顺父母长辈，勤俭持家，做饭洗衣无所不能。这也成为她日后在周家立足的根本，周家移居北京，朱安依靠做得一手好饭菜和擅长料理家务，成为鲁迅生活中不可缺少的帮手，更是周母鲁瑞不可多得的陪伴者。

与此同时，朱安也具备了旧时代女性共有的弱点。朱安小时候缠裹过脚，是典型的三寸金莲；也受"女子无才便是德"的训导，从小不注重识字读书。这成为她与鲁迅不幸婚姻的起点，据说当初定亲时，鲁迅曾希望她放脚，希望她识字读书，但均未见成效。

朱安出生时，朱家的运势已经开始走下坡路，但祖上留下的基业尚在，加上父亲在外也能挣钱维持一家的开销，所以那时的朱家依然是绍兴的显赫家族。朱家对朱安的教育延续了传统的路数，没有让她进私塾念书，只是由母亲俞氏引导阅读了《女儿经》一类的古训。这对朱安后来的影响是深远的，她一生恪守妇道，在周家任劳任怨，习惯了与鲁迅克制而孤独地生活。

朱安在家排行老大，家中有一胞弟名叫朱可铭。朱可铭学过法律，做过律师，但终究没有什么大的作为。他娶了两房太太，共生有四子一女，其子女后来大都得到过朱安和鲁迅的照顾。

朱安与绍兴东昌坊口周家台门里的周树人订婚，从此迎来了她

朱安：母亲送给鲁迅的「礼物」

---

1   裘士雄：《鲁迅和他的家乡》（七），《绍兴鲁迅研究》，2009年。

今生起伏不定的生活。

四

从 1901 年提亲到 1906 年结婚，在民初浙江地方婚俗中，朱安与鲁迅的婚姻之旅算是十分漫长的例子，几乎让人看不到他们结合的希望。

好在 1906 年夏天，鲁迅在母亲的诱逼下回到绍兴，与朱安举行了结婚仪式，才宣告二人婚事有了最终结局。那一年，鲁迅 25 周岁，朱安 28 周岁。

鲁迅是留学东洋的新派知识分子，举行婚礼的前几天，母亲担心他不遵从婚礼安排，曾专门找他谈心。但出人意料的是，婚礼那天，鲁迅一反常态地戴起假辫子，脱掉不合时宜的东洋装和皮鞋，穿上长衫和对襟短装。这倒让人感到几分不解，大概是鲁迅理解母亲的缘故吧，他希望自己的婚礼顺利完成，了却操持劳累的母亲的心愿。

以鲁迅倔强而执拗的个性，在自己不惜愿的事情上，他是断断不会任人摆布的。可与朱安的婚礼，他却表现得十分顺从，毫无抗拒地完成了主婚人的所有要求。除了表明鲁迅尊重母亲的意愿外，也足以见出他性格中隐忍的一面。

朱安从结婚那天起，就开始追赶鲁迅生活的脚步。她知道鲁迅不喜欢小脚，在婚礼那天特意穿了一双大鞋，鞋里塞满棉花，以防脱落。但她在挪动脚步的时候，还是让鞋子从轿子里掉了下来，这成为他们未来婚姻生活的不祥预兆，也让彼此的心里蒙上了一层阴影。就是这双小脚，在鲁迅的心中留下了不好的印象，尽管他之前知道朱安是小脚，可一旦真的要去面对的时候，却依然难以接受。

在掀起盖头的刹那，鲁迅本就心灰意冷的心更是跌到了冰点。就连向来帮着朱安说话的鲁瑞，也不得不在心中暗自承认儿媳妇的长相太差。之前，周母去过绍兴朱家，但只顾忙着谈婚事，没有留意到朱安的长相，只是听信了媒人谦少奶奶的一面之词，猜想朱安长相不错。

后来，周建人在回忆大哥的婚礼时，这样描述到："我大哥的失望是很难形容的，这也难怪，俗话说：生意做勿着，一遭；老婆讨不着，一世。这是一生一世的事呢！"[1] 可见当时鲁迅对朱安的确非常失望，这是他们婚姻不和谐的开始。

鲁迅对朱安的失望，很大程度上归咎于对方的长相。用周氏兄弟的话说，鲁迅当时觉得朱安身材矮小，皮肤黝黑，长脸上的颧骨微微前凸，给人一种"发育不全"的病态感。从这个角度来评判，朱安无才无貌，除了家中经济宽裕，配得上没落的周家之外，其他实在是一无是处。将她与留学生鲁迅捆绑在一起成亲，也确实委屈了后者。

人们习惯性地引用鲁迅堂叔周冠五的回忆，来描述鲁迅与朱安新婚之夜的状况："结婚那天晚上，是我和新台门衍太太的儿子明山二人扶新郎上楼的。一座陈旧的楼梯上，一级一级都铺着袋皮。楼上是二间低矮的房子，用木板隔开，新房就设在靠东首的一间，房内放置着一张红漆的木床和新媳妇的嫁妆。当时鲁迅先生一句话也没有讲，我们扶他也不推辞。见了新媳妇，他照样一声不响，脸上有些阴郁，很沉闷。"[2] 这表明鲁迅新婚之夜的心情是沉重而麻木的，没有喜悦和幸福可言。

朱安：母亲送给鲁迅的「礼物」

1　周晔编写：《鲁迅故家的败落》，长沙：湖南人民出版社，1984 年，第 241 页。
2　周芾棠：《乡土忆录：鲁迅亲友忆鲁迅》，西安：陕西人民出版社，1983 年，第 6 页。

朱安与鲁迅的婚姻生活就这样开始了，没有硝烟、没有争斗，只有无声的对抗和无尽的痛苦。

五

1906 年前后，改变鲁迅命运的事件接踵而至。弃工从医、弃医从文，然后匆匆归家与相知甚少的朱安结婚。

1902 年 3 月 24 日，鲁迅搭乘日本"大贞丸"号轮船，从南京意气风发地朝着寄寓无限理想的东洋进发。1904 年 4 月，经过紧张而新鲜的语言及基础知识的学习，鲁迅从东京弘文学院毕业。鲁迅在国内毕业于南京陆师学堂附设的矿务铁路学堂，按照出国前的计划，他的专业应该是矿务。所以，鲁迅两年进修学习期满后，应当升入日本东京帝国大学工科中的采矿冶金科学习。

但是，鲁迅做出了他人生中第一次不合常规的决定。他放弃了进入日本名校的机会，放弃了之前学有所获的专业，决定弃工从医。同时，鲁迅放弃了东京的繁华和生活的便捷，去到日本东北部的偏僻小城，成为仙台医学专门学校当年唯一未经考试而录取的外国留学生，也是当时该校唯一的中国学生。关于鲁迅的这种转变，他在《呐喊》自序中的话，或许更能解释个中原因："我的梦很美满，预备卒业回来，救治像我父亲似的被误的病人的疾苦，战争时候便去当军医，一面又促进了国人对于维新的信仰。"[1] 医治病人的疾苦、促进国人思想的维新，是促成鲁迅人生选择发生变化的原因。

可两年以后，鲁迅又做出了他人生中第二次不合常规的决定。

1 鲁迅：《鲁迅全集》（1），北京：人民文学出版社，1981 年，第 416 页

1906 年 3 月，鲁迅在仙台学医两年后，向清政府驻日本的监学提出退学申请；6 月，在第二学年学习结束后，离开仙台去了东京，将学籍列入东京"独逸语学协会"附设的德文学校。不管是出于日本同学对他的轻视，还是因为日俄战争片的刺激，其结果都可能导致鲁迅弃医从文。因为在他看来，"医学并非一件紧要事"，他所痛心的是："凡是愚弱的国民，即使体格如何健全，如何茁壮，也只能做毫无意义的示众的材料和看客，病死多少是不必以为不幸的。所以我们的第一要着，是在改变他们的精神，而善于改变精神的，我那时以为当然要推文艺，于是想提倡文艺运动了。"[1] 正是这种转变，成就了中国现代文坛大师的诞生。

精神远比肉体重要，一国的强大，关键在于民众的精神。这是多么深刻的见解，年轻的鲁迅能够有如此见识，着实具有不凡的气度。只可惜，时至今日，中国人似乎还没有重视鲁迅的话。我们一味地发展科技，重视器物层面的更新，国人的精神萎靡到了无以挽救的地步。"乐崩礼坏"，道德沦丧，没有底线，没有公共的契约和规则，如此下去，科技再发达，恐怕国家的强盛仍会失之片面。

1906 年夏天，鲁迅收到家书，说母亲病重召他急归。于是，鲁迅风尘仆仆地回到绍兴，却见家母健康依旧，原来所谓的母亲病重只是借口，目的是希望他早日回来与朱安结婚。鲁迅内心尽管并不赞同这门婚事，但考虑到母亲的情绪，他还是接受了母亲的决定，与朱安按照旧俗举行了婚礼。

总体来看，鲁迅前两次"不合常规"的选择，决定了鲁迅在人生志趣上的转变，也为他后来的"事业"奠定了基础。而他第三次

1　鲁迅：《鲁迅全集》（1），北京：人民文学出版社，1981 年，第 417 页。

不合常规的选择，则是与自己并不喜欢的朱安结婚。这次选择与前两次不同，之前的鲁迅可以完全掌控自己的命运、决定自己的方向；但在婚姻问题上，他却是被动的，他的幸福生活掌控在母亲鲁瑞的手中。究其原因，恐怕还是在于鲁迅太过热爱母亲，太过尊重母亲。

1906 年以后，鲁迅的一生开始与文学为伴，也开始与朱安为伴，与那段无法喜爱却又无法割舍的婚姻为伴。

第二节　绍兴空房的主人

很多传记作品认为，朱安在结婚第四天后，鲁迅便只身去了日本东京，继续留学生涯。因此，朱安婚后与鲁迅海天相隔，独守空房。鲁迅 1909 年 8 月结束了长达 7 年之久的留日生活，在母亲的催促下，不得不放弃待在日本继续从事文学活动的念想，或去德国留学的打算，回到了中国。回国后的鲁迅为着养家，为着自己的理想和未竟之业，奔走于杭州和绍兴等地，很少待在家中，朱安依然独守空房。

一

鲁迅从日本留学归来，母亲鲁瑞希望他能缓和与朱安僵化的关系。但鲁迅回国后，全身心地投入到新式教学中，并没有心思去解决他和朱安平淡的关系，或者他对二人的关系根本不抱任何希望。

鲁迅 1909 年 8 月回国，趁着暑假的时间在家里休养。期间，母亲曾和他聊天，说他与朱安结婚三年了，还没有在一起好好地生活，她希望鲁迅能够放下身段，多和朱安接触，才能让两人逐渐亲密起来。鲁迅理解母亲的心思，但也知道和朱安是不可能沟通的。因此平时在家里，鲁迅总是一个人看书，只与三弟滔滔不绝地谈论古今大事，与朱安之间始终没有共同语言。

暑假之后，经好友许寿裳介绍，鲁迅到杭州浙江两级师范学校任教，又与朱安分居两地。鲁迅任教的课程分别是优级的生理学和初级的化学，同时还担任本校植物学日本外教的课堂翻译。鲁迅秉承新思想和新理念，在学校与顽固不化的旧势力做斗争，取得了"木瓜之役"的胜利，逼迫官僚气息十足的新校长夏震武辞职。

1910 年 6 月，鲁迅应蔡元培先生的邀请，回绍兴府中学堂任教。鲁迅在绍兴府中学堂讲授的是博物学，随后增加了生理卫生学，同时兼任该校的学监，即今天所称的教务主任。据《鲁迅在绍兴府中学堂》一文的介绍，鲁迅在此任教期间，学校给他一间房子，前半间是办公室，后半间是卧室，"卧室板壁下放着一张棕色的油漆寸架床，床垫是一块旧棕绷，左床角放一只小小的灯柜，灯柜上摆着一盏铜质煤油灯，上盖着一个葫芦形的玻璃罩。据当时的学生回忆，鲁迅先生在冬天的深夜，睡前也总还是要躺进被窝，头枕床架，凭借这微弱的煤油灯光，聚精会神地读书。"[1] 言下之意，无非表明鲁迅在绍兴府中学堂工作的时候，常居住在学校，很少回家。

绍兴府中学堂距鲁迅家不远，徒步仅一小时左右，如果走穿过有坟墓的小道，则只需要半个小时。即便如此，鲁迅却在学校要了间房子，哪怕条件再简陋，也很少回家。节假日回家，也是为了取一些生活必需品，或看望母亲。朱安对他而言，似乎并不重要，不

1　周芾棠：《乡土忆录：鲁迅亲友忆鲁迅》，西安：陕西人民出版社，1983 年，第 158—159 页。

知道是有意回避，还是根本就不在意，我们从鲁迅文字记录的生活中，很难寻觅到朱安的影子。

从朱安的角度来讲，她应该不会轻易放弃与鲁迅的婚姻。她压根儿不会想到她的婚姻会面临诸多危机，因为她嫁到周家之后，孝敬周母鲁瑞、勤俭节约、遵守妇道。的确，对于朱安这样的女性来讲，她能够做到这些，对维护他们的婚姻而言，已经算是尽了最大努力。既然如此，鲁迅又有什么理由休掉她呢？

可悲之处正在于此，朱安所理解的婚姻，在观念上与鲁迅存在很大差异。前者是基于旧式婚姻和家庭的理念，后者则是基于情感交流之上的自由婚恋，在新思潮涌动的维新时代，整个中国的婚姻模式都将被自由恋爱取代。而在新旧婚姻观念更迭的转型期，旧式女性的婚姻生活无疑会受到很大的冲激，成为新思想的牺牲品。

朱安的丈夫回来了，但他的心不在她身上。朱安只能暗自垂泪，无奈之下开始了漫长的等待，等待丈夫的回心转意。

二

如今想起来，鲁迅在绍兴工作的时候，朱安错过了与丈夫最好的沟通机会。

人在身边尚不能交流，等到走远了，那要让他对自己产生感情就更难了。不过，这也是我们站在朱安的角度思考问题，对鲁迅来说，从新婚之夜开始，便注定了他与朱安的感情将是南辕北辙。二人都在努力，但距离心灵汇合的交点却越来越远。

1912年2月，蔡元培邀请鲁迅前往南京，担任临时政府教育部部员。4月初，南京革命临时政府参议院迁往北京，鲁迅随即与教育部北上，开始了在北京长达 14 年的生活，其间充满了孤独和寂寞，也充满了革命和斗争。

1913 年 6 月 24 日，鲁迅回家看望母亲；7 月 27 日离开绍兴，回到北京工作。1916 年 12 月 3 日又曾返乡一次，庆祝母亲六十岁生日；1917 年 1 月 3 日从绍兴出发，返回北京。直到 1919 年 12 月 29 日，鲁迅全家搬进西城八道湾住宅，在近 7 年的时间里，朱安很少见到鲁迅的身影。

即便鲁迅回到绍兴，他的大部分时间也都用到了走亲访友上，或者干脆独自闭门念书。他与朱安仍然是两座各自朝向南北的孤立山峰，对望尚无可能，更何谈用心交流呢。

三

一直以来，我们了解的朱安与鲁迅之关系，无非是鲁迅并不承认与朱安的婚姻关系，因为二人没有共同的话题，很少说话交流。如此一来，便认为朱安被鲁迅束之高阁，二人从来都没有夫妻之实，而徒有夫妻之名。

关于朱安与鲁迅的新婚生活，各种传记作品中流行的说辞，来源于周家佣人的回忆。人们常引用周家佣工王鹤照的话，来证明鲁迅与朱安的新婚之夜毫不和谐，鲁迅甚至还很伤心："鲁迅先生结婚是在楼上，过了一夜，第二夜鲁迅先生就睡到书房里去了。听说印花被的靛青把鲁迅先生的脸也染青了，他很不高兴。当时照老例新婚夫妇是要去老台门拜祠堂的，但鲁迅先生没有去。后来知道是鲁迅先生对这桩包办封建婚姻很不满，故第二天就在自己的书房里

朱安：母亲送给鲁迅的「礼物」

睡了。"[1]

不管这个回忆的镜头是否属实，但它透露出鲁迅新婚之夜与朱安过得并不愉快。因此，据很多当年的知情人回忆，鲁迅新婚之夜与朱安入了洞房，但从第二天开始，他再也没有踏入朱安的房间。在以后更加漫长的时日里，朱安与鲁迅处于分居的状态。据此，不免流露出鲁迅对抗传统婚姻的决绝态度；同时，也让我们感到朱安婚姻生活的凄凉。

但实际上，朱安和鲁迅婚姻生活决裂的时间要比这晚很多。

倪墨炎先生在《尊重鲁迅故居的历史原貌》一文中，专门就浙江绍兴鲁迅故居中"朱安与鲁迅的卧室问题"做了详细的考证。该文认为，在绍兴鲁迅旧居中设计出朱安的卧室、鲁迅的卧室兼书房的格局，是对历史事实最大的不敬。因为鲁迅新婚之后，以及从日本回来暂居绍兴期间，都是和朱安同居一室，哪来二人分隔两室的情况呢？因此，"无中生有地设计出鲁迅、朱安分居的两间卧房。这种令人吃惊的弄虚作假的做法，归根结底，受伤害的是鲁迅的形象。"[2]

朱安和鲁迅同居一室，在其弟周建人的回忆录《鲁迅故家的败落》中，表述得十分明确，甚至到了鲁迅全家要搬到北京去时的1919年，二人还处于同居的状态："一个雨夜，大哥出现在我们的面前。我母亲的欢喜自不必说，我也好像一块石头落了地。母亲在高兴中藏着凄凉，我在安心中带着迷惘。大家先不谈搬家的事，让大哥休息，好恢复旅途的疲劳。我和母亲住在小堂前的后间，大哥

---

1 上海鲁迅： 《回忆鲁迅先生》，高山、徐山：《众说名流忆鲁迅》，石家庄：河北教育出版社，2000年，第12页。
2 倪墨炎：《尊重鲁迅故居的历史原貌》，《文汇报》，2009年4月30日

住在楼上，鹤照住在隔壁祖母住过的房间里，大哥上楼时，母亲告诉他，写了信给运水，希望他能来，既来帮我们搬家，也来和我们告别。大哥很高兴他又要见到运水了。"[1] 周建人在这小段文字中，一次说"大哥住在楼上"，一次说"大哥上楼时"，表明鲁迅回家时，一定是住在楼上。

而周家房子里，楼上只有两间，鲁迅回来之前，分别住着周建人妻儿和朱安。很显然，羽太芳子和她的一女一儿住一间，朱安则单独住一间。那鲁迅要上楼去休息，绝不会去弟媳的房间，只有去朱安的房间才是唯一的选择。

由此可以断定，鲁迅回乡时，是与朱安住在一起的。也许只是到了北京之后，才与朱安分居两室。

四

朱安是这场不幸婚姻的主角，但由于身份和地位的限制，她无法表达自己的情感，我们也无法得知她在与鲁迅两地分居时的内心想法。

毫无疑问，虽然鲁迅很少在这一时期提及朱安，但朱安一定是他生活中无法回避的存在。因此，他也一定会不时地思考与朱安的关系，并借助文字的突破口来表达他对自己婚姻的看法。

鲁迅在北京的时候，曾读过一位年轻人寄来的散文诗《爱情》，其中所写似乎跟他与朱安的关系很吻合，这封信的内容记录在《热风》随感录四十中："我年十九，父母给我讨老婆。于今数年，我们两

朱安：母亲送给鲁迅的「礼物」

1　周晔编写：《鲁迅故家的败落》，长沙：湖南人民出版社，1984年，第4页。

个、也还和睦。可是这婚姻，是全凭别人主张、别人撮合：把他们一日戏言，当我们百年的盟约。仿佛两个牲口听着主人的命令"。[1]鲁迅读罢此信，那篇散文诗似在表达自己内心的想法。因此，引起了他的同情，于是挥笔疾书，却又十分冷静地站在朱安的角度思考问题："但在女性一方面，本来也没有罪，现在是做了旧习惯的牺牲。我们既然自觉着人类的道德，良心上不肯犯他们少的老的的罪，又不能责备异性，也只好陪着做一世牺牲，完结了四千年的旧账。"[2]

从鲁迅的文字中，我们可以看出他其实是在意朱安的，至少从他的角度来讲，他意识到朱安也是不幸的，所以决定这辈子姑且就和她过下去罢了。这是鲁迅当时的想法，且不管他遇到许广平之后，会发生什么改变。但在北上工作期间，他却愿意去维护与朱安的婚姻，虽然他们并不相爱，而且根本没有感情，也不能交流。

也正是因为鲁迅有这样的想法，所以他从北京南下之前，从来没有明确提出与朱安离婚。为了朱安这个"旧习惯的牺牲者"，为了保全好母亲聘送的礼物，鲁迅认同了与朱安的婚姻，独自掩藏着内心的痛苦与无奈。

第三节　北迁的追梦人

朱安是周家的大儿媳妇，是守旧的传统女性，因此她认定自己的一生将与周家荣辱与共，不离不弃。1919年12月，当鲁迅决定

1　鲁迅：《鲁迅全集》（1），北京：人民文学出版社，1981年，第321页
2　鲁迅：《鲁迅全集》（1），北京：人民文学出版社，1981年，第322页

举家北迁的时候，从未出过远门的朱安毫不犹豫地选择了与周家人为伍，搬到北京居住；而1923年8月，当周氏兄弟失和之后，朱安也果断地站在鲁迅一边，追随他搬到了西城的砖塔胡同。朱安的所有选择，都基于她内心对这段婚姻的依恋和维护，她一直梦想着有朝一日与鲁迅能过上正常的夫妻生活。

一

在朱安去北京前，鲁迅居住在宣武区南半截胡同的绍兴会馆。

从1912年5月随教育部北上，到1919年11月与周作人一家搬到置办的新居，鲁迅在绍兴会馆居住了七年半的时间。绍兴会馆是他一生中居住时间最长的地方，鲁迅在这里逐渐成长为我们今天所看到的"鲁迅"形象。一个人独居的时候，鲁迅内心充满了孤独和寂寞，但也正是在孤独与寂寞的状态下，他开始思考社会和人性。那些在槐树下纳凉的日子，是鲁迅一生中最富精神意义的时期。他在会馆居住期间，创作了《狂人日记》《孔乙己》等新文学史上的名篇，发表了大量的散文和翻译作品。

随着周作人到北京大学任职，周氏兄弟的经济状况有了很大的改观。孝顺的鲁迅希望将远在绍兴的母亲接到北京，一则免除心中的挂念，二则可以好好照顾老人家的起居生活。更为重要的是，绍兴周家的败落呈不可逆转之势，鲁迅叔叔辈或同辈的人都纷纷卖掉了房子和土地，鲁迅家的房子显得孤零零的，条件越来越差，再让母亲居住于此也于心不忍。因此，鲁迅与周作人商量，将家中的房子变卖后在北京买一处宅子，家里人都到北京来生活。

为找到合适的房源，鲁迅费尽心思，最终确定下来的是西城八道湾胡同 11 号院落。买下房子后，鲁迅再装修一番，然后和周作人一家搬进新宅。稍作休息，鲁迅便独自一人回到绍兴，处理完家中杂事后，就与母亲鲁瑞、朱安以及周建人一家迁往北京。

从此，朱安开始了在北京的新生活。

依今人的眼光打量，朱安随鲁迅一家迁居北京，并无什么特别之处，更何况她本人也有跟定鲁迅的打算。

事实上，我们忽视了朱安的身份和她的真实情感。作为一个目不识丁的农村女性，朱安只会说绍兴方言，一想到去遥远而陌生的异地生活，心里无疑会充满恐惧。走在北京的大街上，她看不懂路标；如果迷路了，她甚至也不会用北京话问询路人。因此，对朱安这样的女性而言，要从熟悉的家乡搬到生活习俗迥异的北京居住，其内心的茫然与焦虑可想而知。

朱安此去北京，意味着她的生活毫无退路可言。换句话说，不管鲁迅如何对待她，不管他们的婚姻遭遇什么样的不测，朱安一旦踏上了去北京的路，就再也不可能回头了。周家的房子已经卖了，她又不可能回到朱家居住，南方已经没有家园据守。联想到鲁迅结婚多年来对自己的态度，朱安还真的对未来的家庭生活毫无把握，但她又分明只能做出与周家人北上的决定。所以，朱安心中的焦躁和不安无人能理解，她只能用自己瘦弱的肩膀独自去承担。

朱安的北京之行，势必注定了她会生活得更加孤独。在绍兴的时候，朱安偶尔还可以回到娘家居住几日，与父母或弟弟说说心里话，让憋闷的心情得以释放。如果去了北京，与家人相隔非常遥远，倘若感到寂寞或委屈的时候，找个人说话就不容易了。所以，朱安在去北京前，曾专门回家住了几日。也许她知道，这是和家人最后相处的机会，也是她敞开心扉诉说内心苦闷的唯一机会。此去北京，周围都是周家人，她得独自面对很多生活难题。

所以，选择去北京，朱安的内心一定充满了矛盾和各种纠结不清的情绪。而在周家被惯于忽视的朱安，鲁迅对她的冷漠尚且如此，至于她的心情更不会有人去抚慰了。坐在离别的乌篷船里，嗖嗖的冷风吹进衣领和袖口，朱安感到一阵阵寒冷从心头升起。

回望故园，却已物是人非。想到此去便是永别，朱安的双眼不禁噙满泪水。

三

到北京之后，朱安与周家老少一起居住在八道湾胡同。

朱安与鲁迅在北京是分室居住的。在周氏兄弟购置的四合院里，正院的正房是中心，母亲鲁瑞住在东面，朱安住在西面，中间是吃饭的堂屋。倒不是朱安在周家的地位有多高，才让她住了正房的西侧，而是因为周母必须安排于此，考虑到与母亲的照应或起居的方便，才将朱安安置在此。

八道湾胡同时期的周家，是一个融洽的大家庭。三兄弟居住在此，又可谓三代同堂的大家庭。虽然鲁迅和朱安没有孩子，可当时周作人有三个孩子，周建人也有两个孩子，五个孩子在家的时候，真是闹翻了天，周母倒是觉得热闹。儿孙绕膝，是天伦之乐。鲁迅很喜欢小孩，常常与侄儿侄女们一起玩耍。每每看见此情此景，朱安心中总会产生莫名的忧伤。

朱安似乎是这个大家庭中可有可无的成员。她的日常生活就是帮着佣工做做家务、陪周母聊聊天、洗补一下鲁迅等人的衣服。整个周家的内务，由周作人的日本妻子羽太信子负责打理。鲁迅在难得的和睦氛围里，取得了创作上的丰收，出版了小说集《呐喊》等，奠定了他在中国新文学史上的地位。

朱安常常给鲁迅的书房端茶送水，这是他们白天难得的见面机会。随着周氏兄弟在文坛影响力的扩大，来八道湾胡同拜访的人也越来越多，很多社会名流都曾"到此一游"。朱安每次送茶水进屋的时候，要么看到鲁迅在埋头看书写作，要么在与陌生人聊着她完全不懂的话题。而她与鲁迅之间虽然同居一个屋檐下，却越来越没有共同的语言，这不禁让朱安心生寒意。

朱安在八道湾的生活，被周家人其乐融融的生活以及鲁迅的成就遮蔽了，她成为墙角的小草，无人投注目光、无人嘘寒问暖，她在自生自灭地活着。

四

尽管鲁迅平日里很少理会朱安，但一旦碰到家庭矛盾，朱安还是义不容辞地站在鲁迅一边。

天下没有不散的宴席。1923年7月，周家在八道湾胡同的融洽生活宣告结束，主要是鲁迅与周作人兄弟之间有了矛盾。二人之间究竟为何发生分裂，这一直是八道湾胡同的秘密，人们只是通过猜测去臆想其中的缘由。有人说是鲁迅偷看羽太信子洗澡；有人说是鲁迅对羽太信子奢侈浪费的生活看不顺眼，总试图加以管束，引起对方的不满，导致这个日本女人先斩后奏，在丈夫周作人面前说鲁迅的坏话，致使兄弟二人产生隔阂。

7月18日，周作人给鲁迅写了一封绝交信："鲁迅先生：我昨日才知道，——但过去的事不必再说了。我不是基督徒，却幸而尚能担受得起，也不想责难，——大家都是可怜的人间，我以前的蔷薇的梦原来都是虚幻，现在所见的或者才是真的人生。我想订正我的思想，重新入新的生活。以后请不要再到后边院子里来，没有别的话。愿你安心，自重。七月十八日，作人。"[1]

兄弟失和，八道湾胡同是再也待不下去了。鲁迅决定搬离前，曾问朱安的打算，是与他一起搬走，还是留在此地，又或者是回浙江绍兴，他每月定期给她邮寄生活费。朱安的选择当然是和丈夫一起搬走，哪怕面对再艰难的生活，她都不会留在八道湾胡同，也不会回老家。

朱安做出这个决定，也许是出于根深蒂固的传统观念，让她无论如何也不肯离开丈夫，哪怕是死也不愿意回娘家。但也许是出于对鲁迅的同情，她知道丈夫在经受了亲情的巨大打击之后，心里一定充满了痛苦，她不忍心让他一个人孤独地生活。

所以，朱安对鲁迅说，她要跟他一起搬出去，平时可以为他煮饭、烧茶并料理其他家务。当鲁迅听到朱安说这样的话时，不知是否会被感动，还是会因为没有甩掉朱安而感到生气？没有人知道鲁迅的心情，我们只看到朱安随鲁迅搬到了西城砖塔胡同61号，在那里居住了九个月。

从周氏兄弟失和这件事情来看，朱安其实是一个有担当意识的女性，是一个在紧要关头懂得支持丈夫的女性。不管是褊狭的女人

1　引自朱正：《周氏三兄弟》，北京：东方出版社，2003年，第99页。

心胸使然，还是传统的道德礼仪使然，我们都能看见朱安对鲁迅的一片冰心、对鲁迅以及他们未来的生活无限期待。

五

朱安和鲁迅从八道湾胡同搬出来之后，临时在西城砖塔胡同居住。这是鲁迅人生中最黑色的九个月，也是朱安人生中与鲁迅独处时间最长的九个月。

鲁迅在砖塔胡同度过了最为痛苦的日子。他与周作人闹矛盾后，深厚的兄弟感情一夜间荡然无存，多年来二人在文学创作和翻译道路上并肩战斗的历程也宣告结束。更让鲁迅感到不可理解的，是弟弟居然轻信夫人的话，不顾几十年来自己对他的帮助提携，不顾同胞兄弟的手足情谊，生硬地将他从温暖的大家庭里赶了出来。从此，亲情变为仇恨，本与鲁迅最为亲热的兄弟，变为了此生最不愿见面的敌人。

鲁迅在强大的精神压力下，重重地生了一场病。他在离开八道湾胡同后的一年时间里，似乎都在与情感和身体做顽强的抗争，由此他的体质严重下降。后来到了上海，他有次在给母亲的信中说，其实他的肺心病是在离开八道湾时落下病根的，足以见出这场家庭风波对鲁迅一生所产生的不可估量的负面影响。

鲁迅生病期间，朱安耐心周到地照顾他。朱安针对鲁迅的病症，给他准备相应的饭菜，那时候鲁迅经济不宽裕，但朱安总是要先满足他的生活需求之后，再对家里的开销作打算。看到鲁迅能慢慢进食了，精神一天好过一天，朱安心中的郁结才最终解除，心情也轻松愉快起来。

朱安对鲁迅照顾的细心程度，是一般人做不到的。据曾一起居住在砖塔胡同的俞芳说："大先生生病时，吃不下饭，只能吃粥。大师母每次烧粥前，先把米弄碎，烧成容易消化的粥糊，并托大姐到稻香村等有名的食品商店去买糟鸡、熟火腿、肉松等大先生平时喜欢吃的菜，给大先生下粥，使之开胃。她自己却不吃这些好菜。大师母对大先生生活上的照顾是无微不至的。"[1]

　　砖塔胡同借租的房子仅有三间，空间十分狭小。鲁迅和朱安的卧室各占一间，无奈之下，鲁迅只有将自己的书籍搬进了柴房。在这种情况下，母亲鲁瑞只能留在八道湾胡同。但周母向来与大儿子关系融洽，所以总是隔三差五地来砖塔胡同，与朱安同住一个房间，有时一住就是好几天。

　　但更多的时候，砖塔胡同就只剩下朱安和鲁迅两人。独自面对朱安的时候，鲁迅的心情是复杂的，他对朱安说不上爱，也说不上恨，更多的是抱着一种同情的态度。朱安一如既往地细心料理家务，悉心照顾鲁迅的生活起居，对她而言，这便是表达爱的所有方式。只可惜，鲁迅对朱安的付出，常常抱着一种感激的心态，而没有从男女情爱出发去理解朱安的行为。

　　更多的时候，朱安和鲁迅的生活是冷清的。据俞芳女士讲，"大先生和大师母两人同桌吃饭，饭桌上谈话很少。大师母如果开口，无非是问问菜的咸淡口味是否合适，大先生或点头，或答应一声，这类'是非法'的谈话，一句就'过门'，没有下文。"[2]

1　俞芳：《封建婚姻的牺牲者——鲁迅先生和朱夫人》，《我记忆中的鲁迅先生：女性笔下的鲁迅》，石家庄：河北教育出版社，2000年，第255页。

2　俞芳：《封建婚姻的牺牲者——鲁迅先生和朱夫人》，《我记忆中的鲁迅先生：女性笔下的鲁迅》，石家庄：河北教育出版社，2000年，第252页。

所以，即便是朱安与鲁迅二人独处，他们也没有摩擦出爱情的火花，家庭的沉闷依旧，两人的寡言依旧，朱安的失望依旧。

六

鲁迅大病初愈之后，便开始四处寻找住房，后终于找到合适的地方。1924 年 5 月 25 日，朱安与鲁迅搬到了新买的居所，具体地址是阜成门内宫门口西三条胡同 21 号。

有了安稳的住房之后，鲁迅的心情稍微舒缓了一些。在西三条胡同里，鲁迅创作了散文诗集《野草》、小说集《彷徨》、回忆性散文集《朝花夕拾》、杂文集《华盖集》等。这些作品脍炙人口，思想性和文学性俱佳，是中国现代文学史上不朽的名作。

朱安在北京的新居里，重复着她单调而又规律的生活。鲁迅的经济状况开始好转后，家里聘用了两个佣工，但朱安还是要统领全家的内务。自从朱安和鲁迅搬出八道湾胡同之后，家里的很多开销都由她负责安排。

朱安与鲁迅的生活始终没有太大的改观，继续维持着冷淡的关系，除必须的对话之外，二人没有更多的话题。来西三条胡同拜访的客人很多，有朋友了解到鲁迅的痛苦婚姻之后，建议他与朱安解除婚姻关系。鲁迅也想过他们婚姻的结局，如果朱安回到绍兴，他会一如既往地付给她生活费用。但现实是残酷的，鲁迅知道家乡的风俗，倘若朱安被周家打发回娘家，她的处境会十分艰难，而且朱家人也没有脸面，甚至会把朱安逼上绝路。想来想去，鲁迅最后决定维持现状，得过且过，只有这样才不至于伤害朱安。

在同一个屋檐下，抬头不见低头见，朱安和鲁迅这种沉默的关系，对两个人来讲都是无声的伤害。作为妻子，朱安不会"明目张胆"地去鲁迅的卧室，但她又要打理鲁迅的房间，尤其是要收拾鲁迅换下的脏衣服，并把晾晒好的干净衣服叠整齐，放回鲁迅的房间。所以，朱安又不得不进入鲁迅的房间。

时间长了，两人在换洗衣服的问题上形成了共识：鲁迅每次打开箱子，总会看见朱安为他准备好的干净衣服，而朱安每次看见箱子盖上的衣服，就会明白这是鲁迅换下的脏衣服。这虽说是一种默契，但毕竟证明二人的关系是不正常的。作为普通的夫妻，口头交流远比这种无声的交流更直接，能更清楚地表达彼此的想法。

北京的冬天必然会有一场大雪，大雪覆盖下的西三条胡同里，朱安与鲁迅之间的关系寒气逼人。春天到来的时候，院子里的丁香花次第开放，可女主人的心中还是一筹莫展。夏天闷热的夜晚，她在小小的四合院里纳凉，抬头望见满天的繁星，心头溢满浓浓的故园情。秋天是北京最美的季节，鸽哨从远方传来，朱安只觉得心底空荡荡的一片。

就在四季的轮回里，朱安苍老了容颜，熬白了青丝，可她梦想的家庭生活却毫无变化。

七

鲁迅西三条胡同的居所，是朱安最后生活的地方，也是鲁迅开始新生活的地方。

朱安与鲁迅在北京有过三处住所，西三条胡同是他们最后一次搬家的地方。在这个四合院里，朱安与鲁迅依旧过着有名无实的夫妻生活，她或许已经认定，今生的生活只能如此了。

每个人在百般无奈的情况下，要么精神被压垮，要么肉体被消灭。倘若自己还想好好地活下去，鲁迅刻画的阿贵无疑是个榜样。求生是人的本能，朱安自然不想就此白白死去，所以她要战胜眼前的苦难，勇敢地活着。想明白了，感情和婚姻就是这么回事：得之，我幸，不得，我命，如此而已。日子总要继续过下去，所以朱安在鲁迅的冷漠中依然坚强地活着。

也有人认为，朱安不懂得反抗鲁迅的冷漠，只知道一味麻木地活着。这也许是朱安在面对与鲁迅的婚姻时，所体现出来的真实状态，其表象与内心经历挣扎和思考后的淡然处之没有两样。可是，谁又能说明朱安的内心是曾经沧海后的平静，还是永远尘封下的纹丝不动呢？

朱安的生活没有改变，但鲁迅的生活却迎来了巨大的转机。

1923年10月13日，鲁迅受聘到北京女子师范学校担任讲师，专门为学生讲授《小说史》。到了第二年，鲁迅被该校聘为国文系教授，直到1926年8月，他在这所学校任教的时间长达三年。也就是在这个时候，许广平走进了鲁迅的生活，而鲁迅平静的情感生活，也由此激起了巨大的波澜。

许广平经常来西三条胡同拜访鲁迅，二人在接触中逐渐加深了了解，成为彼此心中不可或缺的知己。在鲁迅的心中，朱安则进一步被边缘化。

八

原本打算以身殉道的鲁迅，为什么后来会离开朱安、爱上许广平呢？

男女之间的吸引是无法用常理去解释的，如果要彼此心生好感，至少要有吸引对方的外表。倘若有人出现在你面前，你马上决定不想看她第二眼，那么你还能和这样的人产生爱情吗？朱安与鲁迅结婚当日，还没跨出轿门的时候，便露出了小脚；而鲁迅揭去她的盖头后，便露出了"发育不良"的相貌，那我们还能强求鲁迅爱上这样的人吗？

许广平则不似朱安。不仅因为她长得面目清秀，双眼炯炯有神，而且因为她有一股无法阻挡的锐气，这是普通女性所不具备的。对于在婚姻问题上优柔寡断的鲁迅，恰恰需要具有果敢作风的人去为他了结前尘往事，否则他至死都迈不出追求幸福的脚步。

许广平 1898 年出生在广东番禺，不久就被许配给当地的劣绅做小媳妇。但许广平天生是个有反抗精神的人，不仅拒绝了家人为她缠足，而且在兄长的帮助下，成功解除了婚约，北上天津和北京求学。在女子师范学校读书期间，许广平积极参与学生运动，成为新思想的传播者和践行者。

鲁迅当时是名扬新文坛的作家，是许广平等青年学生崇拜的对象。因为给许广平上课的原因，二人的接触往来日渐增多，而且相互之间的称呼也发生着微妙的变化。许广平甚至亲自来西三条胡同拜访鲁迅，帮鲁迅誊抄文稿，他们在频繁的接触中逐渐产生了感情。鲁迅有生以来首次感受到了女性的魅力，他和许广平之间有很多共同的话题，而且有相似的世界观和价值观。鲁迅每次与许广平见面之后，心情都会变得异常激动，他们的聚会也常被鲁迅提及，认为是生活中不可多得的开怀时刻。

1925 年 8 月 14 日，因为"女师大风波"，章士钊免去了鲁迅在教育部的职务，同时改组女师大为北京女子大学，鲁迅失去了女师大国文系教授的职务。政治和工作上的压力增大，北京的氛围给鲁迅的生活带来了很大的影响。

1926 年 7 月 28 日，鲁迅收到厦门大学邮寄来的薪水和路费，他接受了该校的聘请，决定离开北京南下。8 月 26 日，鲁迅携许广平登上了离京的火车，与一大群朋友依依惜别。之后，鲁迅与许广平在上海分手，鲁迅去厦门，许广平去广州，他们计划两年后再见。不想鲁迅 1927 年便去了广东，与许广平会面，之后二人返回上海，在那里开始了鲁迅人生中最幸福的家庭生活。

鲁迅与许广平迁居上海之后，曾在 1929 年 5 月和 1932 年 11 月两次回北京省亲，看望年迈的母亲，看望日夜想念的朋友。当然，鲁迅也会与朱安碰面，只是二人保持着一贯的冷漠态度。

九

从 1906 年结婚到 1927 年南下，朱安与鲁迅之间的婚姻关系之所以会维持这么长的时间，不仅取决于鲁迅对朱安的那份责任，更取决于母亲鲁瑞的意见。

鲁迅一生最亲近的人，是他的母亲。就是鲁迅到绍兴教书以后，每次回家总要先到母亲房门门口，用十分亲热的口气喊她几声，"然后跨进房间门，坐在靠铜面盆旁的椅子上，和老太太谈时事讲新闻，有时在讲绍兴都督王金发如何如何，鲁老太太蛮有兴致地听着。"[1]直到母亲让鲁迅回房休息，他才止住谈话。到了北京之后，鲁迅只要有空闲，就会陪着母亲聊天，或者在炎热的夏季里，陪母亲在院

1 　俞芳荣：《吾土记录：鲁迅亲友忆鲁迅》，西安：陕西人民出版社，1985 年，第 16 页。

子里纳凉。后来他与许广平南下之后，与母亲保持着频繁的通信，告诉她自己生活的新动向。

鲁迅这么热爱母亲，那一定也不会轻易违背母亲的意愿，哪怕在婚姻问题上，对母亲也是唯命是从。朱安与鲁迅的结合，最初是母亲鲁瑞的决定。对于母亲的决定，鲁迅没有丝毫反对意见，根据周建人的观察："我大哥对婚姻虽然失望，但他丝毫也没有责备母亲，对她的态度还是和以前一样，既亲切又尊重，有什么事情总愿意和母亲说。"鲁迅如此态度，以至于弟弟对这种略带"盲目"的遵从都觉得有些不可理喻，对母亲的行为表示质疑："母亲极爱我大哥，也了解我大哥，为什么不给他找一个好媳妇呢，为什么要使他终身不幸呢？"[1]

周母选择朱安作大儿媳妇，自有她的道理和苦衷，年轻人永远难以理解父母的良苦用心。而鲁迅作为一个在外求学的知识分子，一个后来留学日本的官费生，对于自己未来的婚姻生活，一定有过美好的设想和勾画。在他的婚姻设想中，也一定不乏浪漫的元素，以及演绎风花雪月的故事。但现实很残酷，鲁迅是那么热爱他的母亲，再美好的构想也只能埋藏心底，抬头迎接母亲的安排。

1906 年 6 月，26 岁的鲁迅从日本回到家乡绍兴，奉母之命与朱安结婚。婚后，鲁迅一直漂流在外，很少待在家里，为着事业在外闯荡。男儿为事业奋斗，抛家离妻，本是很冠冕堂皇的理由，但对鲁迅而言，这其中恐怕也包含着他对婚姻的逃避。

鲁迅与朱安没有感情，但却在同一个屋檐下生活了二十多年，他们之间的婚姻关系一直维系到鲁迅病逝。苦闷的家庭生活曾一度

1　周晔编写：《鲁迅故家的败落》，长沙：湖南人民出版社，1984 年，第 242—243 页。

给鲁迅带来沉重的心理负担，但他就是无法和朱安断绝关系。作为新文化运动的杰出作家、学生和青年人眼中的新派人物，鲁迅的婚姻却是如此传统和乏味，不禁让他的学生和年轻的朋友感到纳闷。因此，鲁迅居住在北京时期，很多学生拜访鲁迅时，都会留意他的那位乡下太太，都不免用好奇的眼光来审视朱安和鲁迅的婚姻。

鲁迅为什么二十多年来没有和朱安断绝关系，过着苦行僧般的生活？是他之前没有遇到许广平这样的知音，还是他对母亲情绪的迁就？吴俊先生在《暗夜里的过客：一个你所不知道的鲁迅》中这样写道："在决定鲁迅家庭生活方式的选择动机中，最关键和最主要的因素，我认为不是别的，只是鲁迅对他的母亲的那份感情、爱和义务感。他曾多次对挚友许寿裳说：朱安'是一件母亲送给我的礼物，我只好好好地供养它'。显然，如果不是顾及到母亲的话，丢掉和摆脱'这件礼物'，实际上可以说正是鲁迅求之不得的心之大欲。"[1]一语道破天机，鲁迅对朱安不离不弃，主要是碍于母亲的情面。

直到许广平的出现，才逐渐改变了鲁迅在朱安和母亲之间的平衡。许广平是个新知女性，敢于大胆地追求自己的爱情和幸福。鲁迅离开北京，一方面固然有社会原因，另一方面也与许广平的鼓励分不开，鲁迅终于大胆地选择了离开旧式婚姻和冷酷家庭，踏上驶往南方的幸福列车。

---

1 吴俊：暗夜里的过客：一个你所不知道的鲁迅，上海：东方出版中心，2006年，第125页

第四节　异乡的留守者

　　鲁迅 1927 年离开北京之后，朱安与他的婚姻实际上又步入了一个新阶段。这对于二人来讲也许均非坏事，朱安终于摆脱了鲁迅的冷漠和压抑的家庭氛围，而鲁迅则终于找到了爱情的蜜露，离开让他欲罢不能的痛苦婚姻。

一

　　鲁迅的离开对朱安而言，除了情感上的失落之外，也有生活上的不便。

　　朱安当初果断地告别绍兴家人，只身与周家人一起到北京生活，她是认定了此生要跟着鲁迅一辈子的。从周氏兄弟失和之后，鲁迅征问朱安的去留时，她的回答也足以表明跟随鲁迅的心迹。这种跟随，除因为她是周家明媒正娶的媳妇之外，也多少包含着朱安对婚姻的幻想，对鲁迅的依靠。

　　对朱安而言，鲁迅平日里和她很少说话也许并不会构成伤害，旧时的夫妻缺乏交流也是一种常态。也许朱安常想，不管鲁迅如何对待她，只要他承认自己在家中的身份就够了，苦日子就这样慢慢熬吧。但是，许广平的出现彻底打破了朱安仅存的梦想，鲁迅最终还是离开了她，连有名无实的表面婚姻都难以继续维系下去。

　　因此，鲁迅与许广平一起离开北京的时候，朱安的心情是悲伤

朱安：母亲送给鲁迅的『礼物』

的。人们常站在鲁迅的角度，认为他在北京的政治风波下被迫出走，认为他与"红色恋人"一道奔赴南方的革命征程，认为他终于找到了志同道合的伴侣而开始了新的人生，如此等等，无非意在证明鲁迅的离开对他本人而言，是正确的决定。可对他的原配夫人朱安来讲，鲁迅的南下几乎对她构成了致命的一击，她如今只是名义上的周家大太太，这成为她仅存的生活理由。

鲁迅的离开，对朱安生活上造成的影响又岂止情感的失落。

朱安与鲁迅在北京生活的时候，虽然二人谈不上有感情，但鲁迅始终能理性地对待朱安。鲁迅知道朱安也是一个受害者，因此在行为上尊重她的人格和家庭地位，总是试图平等地对待她。

有时候，鲁迅为了减少朱安早上做饭的劳累，就从街边买些早点回家。他带回的糕点，总是先让母亲挑选可口的吃，然后再让朱安选择她想吃的种类，剩下的才归自己食用。从这些生活小事上，我们就可以看出鲁迅对朱安的尊重，朱安在周家虽然没有从鲁迅身上得到男女之爱，但却生活得并不憋屈。

鲁迅实际上对朱安也有照顾之举，并不是只有朱安一味单向的付出。1925 年 9 月，朱安胃病突然发作，疼痛不止，鲁迅把她送到医院就诊。虽然有人说鲁迅把朱安送到医院后，得知病情不严重，就甩手走人了，对朱安的照顾并不周到。这种以恩爱夫妻的行事准则，去要求鲁迅守在朱安病床前的想法，实在是强人所难。依照鲁迅的想法，朱安既无大碍，便可放心且去做自己的事，不必守在朱安身旁。1925 年 9 月 29 日，鲁迅还写信将朱安的病情告诉了他的学生许钦文，后者与朱安关系甚好，鲁迅离开之后，倘若朱安再有生病急诊的情况，谁送她去医院呢？

不管从哪个角度讲，鲁迅的南下对朱安都不是件好事。

二

鲁迅虽然离开朱安与许广平南下，但他始终是朱安生活的依靠。

作为一位来自乡下的传统女性，朱安几乎没有谋生的手段。鲁迅离开后，每月定期给她和周母鲁瑞邮寄一百元生活费，这些钱全部交给朱安支配。每月支出的账目，则由一起居住的年轻人代为登记。

考虑到朱安在日常吃喝之外，还会买些其他的生活用品，所以鲁迅特地邮寄十元钱，作为她的零花钱。民国初年的货币购买力很强，朱安十元的零花钱可以购置很多家用物品。1932年前后，鲁迅听说朱安身体不好，就把她的零花钱提高到十五元。因此，居住在北京城的朱安，因为鲁迅的存在，过着可谓衣食无忧的生活。

朱安与鲁迅之间虽然存在较大的心理距离，但他们之间的婚姻关系一直存在。在朱安的娘家人看来，女婿鲁迅一直是尊重他们的，并且也会给他们提供必要的帮助，是一位称职的好女婿。朱安的家人过生日，鲁迅会往绍兴朱家邮寄钱物，我们今天在鲁迅的日记中，可以多次读到他给朱安老家邮寄东西的记录。甚至朱安的弟弟朱可铭的儿子们要在上海谋求工作，也让鲁迅出面帮忙。

朱安的弟弟朱可铭的三个儿子都在上海，朱安曾写信给鲁迅，希望他帮着为侄子们找工作。鲁迅当然是义不容辞，三儿子朱积厚经周建人介绍到某印刷厂工作。二儿子朱积功因身体不好，难以坚持工作，后生病死在绍兴家中。朱安将大儿子朱吉人招到北京居住，给他介绍工作，并一度想将他收为义子。朱安托人写信给鲁迅，想征求他的意见， 1934年5月29日，鲁迅在给母亲的信件中顺便谈了自己的想法："京寓离开已久，更无从知道详情及将来，所以此等事情，可请太太自行酌定，男并无意见，且亦无从有何主张也。"[1]
鲁迅并没有直接回复朱安的来信，而是在写给母亲的信中代为转告，
其中"请太太自行酌定"的话表明他并不赞同此事。

鲁迅没有明确否定，朱安也没有强制执行。说明朱安在大事情
上，还是会听从鲁迅的安排；鲁迅人虽然走了，但仍然是朱安"家中"
的主心骨。

三

留守北京的朱安，日子寂寞而漫长。鲁迅携着他心爱的人走了，
不管朱安有何烦恼的心情与想法，生活还得继续。

鲁迅走后，朱安除了照顾周母鲁瑞之外，其余的时间都待在小
小的四合院里，呼吸室外清新的空气似乎也成了生活的享受。春去
冬来，朱安在北京的生活一成不变，天寒后增加衣服，天热了翻出
去年的蒲扇，如此而已。

北京的冬天十分漫长，寒冷中带着无尽的萧条，让人产生窒息
的绝望感。屋子里暖烘烘的，朱安常常一个人坐在炕上，一任外面
北方萧瑟，她若有所思，但什么也没有想。除了绍兴弟弟一家常让
她挂念之外，她已经没有什么可以牵挂的人事了。那个称作丈夫的
人也有了新的家，有了新的人照顾他，她已成为他生活中多余的人。

实在无聊的时候，朱安就会抱着锅烟壶，慢条斯理地整理好烟
袋，然后一个人静静地坐在角落里，享受着尼古丁带来的刺激和麻
痹。朱安往往在这个时候会陷入走神的状态，她在咕噜咕噜的吸烟

---

[1] 鲁迅：《鲁迅书信集》（下），北京：人民文学出版社，1976 年，第 561—562 页。

节奏中,想起了与鲁迅结婚时的情景,想起了独自北上后的种种经历。人老了的时候,总是依靠回忆过往来慰藉生活;朱安还不到五十岁,并不属于年老的行列,但她已经开始过上老年人的生活了。

朱安在心里一定埋怨过鲁迅,但她更多的时候却是对鲁迅怀着敬重的情感。在谈到与鲁迅的关系时,朱安自比"蜗牛",虽然与鲁迅在学识和思想上存在较大的差距,但她愿意一点一点地努力,像蜗牛一样慢慢地爬上鲁迅思想的塔尖。但最终,朱安的努力收效甚微,鲁迅与许广平结婚后,她就成了一只落地的蜗牛,不愿再攀爬那高高的墙壁,而只愿卑微地活在墙角里。

北京西三条的胡同里,鲁瑞是朱安唯一的依靠。寂寞或孤独的时候,她就和这位年迈的母亲说说话,聊以解乏。

四

朱安对许广平的感情是复杂的:一方面,她从自己手中夺走了鲁迅;另一方,她又让鲁迅的生活有了美好的皈依,解除了他的苦痛。

鲁迅与许广平南下的事情决定下来后,最舍不得他离开的也许不是朱安,而是鲁迅的母亲鲁瑞。作为她的大儿子,鲁迅自小就在外求学闯荡,虽然他尽量与她接近,但在一起生活的时间依然十分有限。好不容易等到一家人在北京安顿下来,又闹出两兄弟失和的事来,周母最心疼鲁迅,干脆搬到西三条胡同来与大儿子一起居住。可眼下,他又要离开了。

对朱安来讲,她当然不希望丈夫和别的女人"私奔"。但是她也知道,鲁迅作为家中的长子,不可能没有后代;她是快五十岁的人了,无论从生理还是从与鲁迅的情感来说,她此生是不能帮周家

朱安：母亲送给鲁迅的「礼物」

添丁加口了。因此，鲁迅倘若能够与许广平在一起，帮周家生个孩子，也可了却她的一桩心愿。

曾经和朱安一起居住多年的俞芳曾回忆说，当朱安知道鲁迅与许广平在上海结婚的消息之后，她没有嫉妒许广平，反而是为自己未来生活的黯淡表示失望。朱安彻底对他们的婚姻失去了信心，她的梦想也随即破灭：＂过去大先生和我不好，我想好好地服侍他、一切顺着他，将来总会好的。＂＂我好比是一只蜗牛，从墙底一点一点往上爬，爬得再慢，总有一天会爬到墙顶的。可是现在我没有办法了，我没有力气爬了。我待他再好，也是无用。＂[1]

当鲁迅从上海寄来许广平和孩子的照片时，朱安心里一定对许广平充满了羡慕。与此同时，她心里也有了踏实的感觉，毕竟鲁迅有后了。

也许对朱安来说，她早已对鲁迅不存情感的幻想，只要他能够给她提供生活费用，便别无所求。据一起生活的俞芳说，朱安曾专门提到，如果鲁迅的母亲去世了，朱安不再负有抚养他母亲的责任了，对鲁迅来说她就是个彻底没用的人。但朱安随即肯定地说：＂从大先生一向的为人看，我以后的生活他是会管的。＂[2]

从许广平的角度来讲，她也从未把朱安视为所谓的＂情敌＂。她理解鲁迅和朱安的关系，也理解朱安生活的苦衷。鲁迅在上海不幸生病去世，朱安的生活突然失去了依靠。但鲁迅去世之后，许广平一如既往地给北京的朱安邮寄生活费，哪怕是在战争的烽烟中也

1　俞芳：《封建婚姻的牺牲者——鲁迅先生和朱安夫人》，《我记忆中的鲁迅先生：女性笔下的鲁迅》，石家庄：河北教育出版社，2000年，第255页。
2　俞芳：《封建婚姻的牺牲者——鲁迅先生和朱安夫人》，《我记忆中的鲁迅先生：女性笔下的鲁迅》，石家庄：河北教育出版社，2000年，第255页。

从未中断。

在朱安的眼里，许广平与鲁迅志同道合，有共同的语言和交流的基础；在许广平的心中，朱安是鲁迅无法送还的"礼物"，她有责任和义务替鲁迅继续照顾朱安。

五

鲁迅一直负担朱安的生活费用，并多次设法帮助她的家人解决各种困难，鲁迅可谓对朱安恩重如山。朱安一直将鲁迅视为可以慢慢接近的丈夫，从内心深处对他有无限的爱慕之情。

1936 年 10 月 19 日，鲁迅在上海病逝，消息传到北京，朱安抑制不住内心的悲痛，伤心地哭了起来。22 日，全身披麻戴孝的朱安在西三条胡同的家中摆起了灵堂，祭奠丈夫去世。一炷清香，消融了朱安多年来积压心头的苦闷，她在悲痛中看到了鲁迅款款深情的模样，以及那个向来沉默寡言的形象。

年届六旬的朱安，每天都到灵堂前给鲁迅烧香祈福。本就矮小的朱安，在时间无情的流逝中变得更加矮小单薄，灵堂前的清油灯，在她眼前不停地摇曳着，映衬出朱安更加孤独无助的身影。逝者如斯，唯愿生者保重。

鲁迅去世后，因为全国战事正紧，物价飞涨，许广平独自一人带着孩子的生活捉襟见肘，但还是坚持给北京的周母和朱安邮寄生活费。1943 年，鲁迅的母亲鲁瑞在北京去世，与朱安相依为命的人离世了，朱安的生活变得更加艰难。

周母去世的时候，希望周作人将每月给她的钱转发给大嫂朱安。但那十五元钱在战争年代远远不够维持朱安一个月的生活开销。而上海方面，许广平因为自身生活的艰难和邮寄的不便，断了给朱安的接济。因此，朱安的生活一度陷入困境，她在迫不得已的情况下，将鲁迅养了十几年的黑花猫蒙住双眼，带到崇文门外放走。到后来，她甚至变卖了家中的部分物品，并听从周作人的建议，打算将鲁迅的书籍卖掉，以维持生计。

1944 年 8 月 25 日，《新中国报》刊登了"鲁迅先生在平家属拟将其藏书出售"的消息。许广平获悉此信息后，当即于 8 月 31 日给远在北京的朱安写信，非常宽容地说："一定是你因为你生活困难，不得已才如此做。"并且开导朱安不要卖书，她可以帮助其渡过难关："就望你千万不要卖书，好好保存他的东西给大家留个纪念，也是我们对鲁迅先生死后应尽的责任。请你收到此信快快回音，详细告诉我你的意见和生活最低限度所需，我要尽我最大的力量照料你，请你相信我的诚意。"[1]

许广平写信的同时，委托唐弢到北京给朱安做工作，劝她不要卖掉鲁迅的书。朱安在唐弢等人面前情绪很激动，她是被人长期忽视的"鲁迅的遗物"，在艰难的生存境遇中难以保持平常的心态。但朱安毕竟是个充满柔情的女性，而且伴着年龄的增长，她更懂得体恤他人的难处，从情感的角度出发加以开导，很多问题就会迎刃而解。当唐弢向朱安讲述许广平被捕入狱、周海婴在上海生病刚刚康复等消息后，她的眼圈红了。

是的，鲁迅生前虽然与她没有男女情感，但他们毕竟是名副其实的夫妻，凡是与鲁迅相关的人和事都是她愿意听到的消息，更何况是鲁迅儿子的事情呢。她多么想看看周海婴，从他的身上再看看

1　许广平：《许广平全集》（第三卷），南京：江苏文艺出版社，1998 年，第 320 页。

鲁迅活着的模样。朱安很喜欢海婴，当海婴长大之后，朱安就直接给他写信交流，足以见出他们之间的友好关系。朱安也许并非真想出卖鲁迅的藏书，经人劝说之后，她只顾去可怜许广平母子的遭遇，对出卖鲁迅藏书的事情就不再提起了。

鲁迅去世后的种种事情表明，朱安对鲁迅是有感情的，她愿意将鲁迅遗留的所有物品保存完好，也乐意与鲁迅有关的人处好关系。

六

从法律的角度来讲，朱安始终是鲁迅的合法妻子。

朱安与鲁迅的婚姻关系起始于清朝末年，到民国时期因鲁迅的病逝而宣告结束。因为许广平与鲁迅的事实婚姻，致使朱安成了周家多余的人物，其与鲁迅名存实亡的婚姻之合法性，不免会招致很多人的猜疑。在一般人看来，因为许广平与鲁迅惺惺相惜，二人在新文学和新思想上具有共同话题，而且一起生活了十余年，并育有儿子海婴，故许广平才是鲁迅的合法妻子。由于朱安一直处于被遮蔽的状态，人们谈论鲁迅的情感生活和家庭时，首先想到的便是许广平，这更加重了人们对鲁迅与朱安婚姻关系的怀疑。

有人用《中华人民共和国婚姻法》来衡量鲁迅的婚姻，认为他犯有重婚罪。这未免过于吹毛求疵，犯下了时间和空间错乱的毛病，用今天的法律去要求往昔，很多人都会"惨死"或非命。在鲁迅生活的年代，并没有明文禁止男性娶妻纳妾之事，所以不仅鲁迅和许广平的婚姻不会遭受非议，连他与朱安的婚姻也是受保护的。

葛涛先生在《回到历史语境审视鲁迅与朱安的婚姻关系》一文

朱安：母亲送给鲁迅的「礼物」

中，根据清朝和民国时期的律例，即《大清民律草案》和《民国民律草案》，以及 1931 年 5 月颁布的《中华民国民法》中的《亲属编》，认为朱安与鲁迅的婚姻关系一直是合法的。[1]

而且根据《中华民国民法》中的《继承编》所规定，朱安享有对鲁迅遗产的继承权。这也就是为什么许广平在鲁迅病逝后，要在上海商务印书馆出版《鲁迅全集》时，还得请朱安在授权书上签字的原因。没有朱安的同意，许广平不能擅自处理鲁迅的遗物。许广平在最艰难的时候，坚持给朱安邮寄生活费用，想必也是因为出版《鲁迅全集》收取的稿酬，朱安占有很大的份额，许广平应该付给朱安一笔钱。

当然，从法律的角度来审视许多问题，会让温暖的人情变得冰凉。我们更愿意相信，许广平找朱安签署鲁迅作品的授权书，是为了尊重朱安；给朱安邮寄生活费，是完成鲁迅未尽的心愿，以及她对朱安个人生活遭遇的理解与同情。

七

朱安与鲁迅的婚姻是不幸的。更不幸的是朱安，她终其一生守护着周家老母，尔后在孤独和寂寞中慢慢老去。

根据现有材料的说法，鲁迅在结婚后的第二天便与朱安分居了，并从此与她冷眼相向，从不交流。这不能不让人们产生疑问，朱安与鲁迅有过夫妻之实的生活吗？

1　葛涛：《回到历史语境审视鲁迅与朱安的婚姻关系》，《被遮蔽的鲁迅：鲁迅相关史实考辨》，台北：秀威信息科技股份有限公司，2012 年，第 35—38 页。

作为莽原社的重要成员，荆有鳞与鲁迅接触的时间比较多。据荆先生回忆，他在北京时，鲁迅曾和他谈起与朱安的婚姻，以及他与朱安的生活："先生对于自己的太太，认定只是一种负担义务，毫无恋爱成分在里边。无论是在先生谈话里，文章里，都很难看到或听到先生提到他太太的事情。我记得：在北平时代，先生谈话而讲到 Wife，多年中，也仅仅一两次。"[1] 也即是说，鲁迅与朱安之间，有过夫妻之实的生活，尽管如鲁迅所谈起的，不过只有一两次，但到底是与朱安发生了夫妻关系。此处所谓的"一两次"，是一个概数而非确数，至少不低于一次。又或者是，鲁迅所言"一两次"是"极少"的意思，那就意味着很多次了。

但总体而言，朱安和鲁迅的夫妻关系并不和谐。朱安曾非常委屈地给荆有鳞的夫人抱怨，说鲁迅的母亲鲁瑞嫌她没有给周家生孩子，周母也许只注重看表象和结果，对儿子与朱安的婚姻现实全然不理。难怪朱安抱怨说："老太太嫌我没有儿子，大先生终年不同我说话。怎么会生儿子呢？"[2] 言下之意，鲁迅很少和朱安交流，更不用说和她同居生子了。她和鲁迅的感情还没有到生子的地步，他们之间隔着很多无法逾越的障碍。

感情是异常奇怪的东西，说不清道不明。当你无意经营一段感情时，它偏偏出现在生活中，怎么驱赶都无济于事；而当你想它降临的时候，它却迟迟挪不开脚步，情人的心情如同冬天的湖水，怎么都搅不起波澜。

朱安：母亲送给鲁迅的「礼物」

1　荆有鳞：《鲁迅的婚姻同家庭》，《鲁迅先生二三事：前期弟子忆鲁迅》，石家庄：河北教育出版社，2000 年，第 226 页。

2　荆有鳞：《鲁迅的婚姻同家庭》，《鲁迅先生二三事：前期弟子忆鲁迅》，石家庄：河北教育出版社，2000 年，第 225 页。

也许鲁迅也曾试图好好地去爱朱安，但每每看见她矮小的身躯，加上她永远都无法理解他的心思和想法，鲁迅的爱意顿时就会荡然无存。时间久了，很多愁怨堆积在心头，竟会让鲁迅对朱安生出几分厌恶。有了厌恶之情后，鲁迅看朱安便会横竖不顺眼，感情的伤口就越来越大，以至于永远无法愈合。

正是基于这样的心理，鲁迅的有些行为看起来对朱安毫无感情。朱安离开绍兴，随同鲁迅一起来到北京，将自己一生的幸福和荣辱交给了鲁迅。从此，她毫无退路可言，离开熟悉的绍兴，离开自己的父母兄弟，只有守在周家的宅院里，终其一生。但即便如此，鲁迅对朱安还是产生不了感情，这倒有些强人所难，我们不能因为朱安艰难的处境，去要求鲁迅要对她产生感情。因此，鲁迅对朱安只有一份供养的义务，而没有对她产生感情的责任。

鲁迅与朱安不同，他是有新思想和知识的人。在长期的苦闷与挣扎后，他毅然离开北京、离开朱安，一路向南，开启了人生中一段幸福而美满的家庭生活之旅。

八

1947年6月29日凌晨，朱安孤独地离开了人世。

人们没有遵照她的意愿，将她安葬在鲁迅的身旁，而是选择了西直门外的保福寺作为她最后的归宿。朱安生前孤独而寂寞地生活着，死后亦孤零零地埋葬在异乡的荒野。如今，这里早已夷为平地，朱安的墓地也不复存在了。

想必凡间没有她的居所，她要到天堂里去寻找幸福，以补偿在人间近七十载的寂寞岁月。

张幼仪：徐志摩眼中的"乡下土包子"

在严肃的学术研究，或坊间的闲谈中，徐志摩早已超越了本体意义，演变成一个与浪漫、才情和传奇相关的符号。他之所以成为一个熠熠生辉的文学形象，除自身文学成就显著之外，与他非同寻常的死亡相关，更离不开他繁芜烂漫的感情经历。如今，繁乱杂多的书籍充斥着我们的阅读视野。仅与徐志摩相关的图书就不下百种，而其中撰写最多、营销最广的，还是他与张幼仪、林徽因、陆小曼的爱情故事。经过几代人的演绎，徐志摩的爱情生活更富有传奇色彩，有的完全脱离人间风烟，把诗人的爱情故事写成唯美的纯文学作品。

芸芸众生，归去来兮，生死相许，唯有那些触及灵魂的爱情，演化为千古绝唱，替代了生命存在的真实和名利虚妄的意义。

第一节　缘定江南

传统婚姻依靠媒妁之言，决定青年男女恋爱和结婚的对象，悲剧色彩似乎难以避免。而徐志摩和张幼仪是靠新派人物张公权的串联，才共结连理，从某种意义上讲，这段婚姻带有一丝现代气息。

人生充满无限变幻，婚姻之舟承载的重量，很难顺利地渡过岁月的长河，平稳地抵达生命的终点。徐志摩和张幼仪的婚姻，没有经历风雨，却因个性差异和环境变迁，最后促成了分手的结局。

一

张幼仪（1900—1988），名嘉玢，1900 年出生在宝山县，后移居嘉定。张幼仪的祖父为清朝知县，系名门望族。父亲张润之，名祖泽，虽家道中落，靠行医谋生，比普通人家的生活富裕。

张幼仪兄妹共十二人，八子四女，她排行第八，为家中次女。张家管教子女有方，张幼仪的二哥张君劢曾留学东洋，民国时期著名的社会学家，曾任中国民主社会党主席。四哥张公权曾留学东洋，民国时期著名的经济学家，曾任中国银行总经理。张家能出这样两位社会地位显赫的人物，自然又恢复了名门望族的荣光。

徐志摩和张幼仪订婚之初，张公权已是浙江省都督的秘书，有官职和实权。而且张家在当地有声望。这些自然也成为徐家应允张家订婚之请的原因。因为徐家知道，仅凭家中的钱财，难以立足社会，自古官商一家，只有在官场上寻到稳固的依靠，徐家的实业才会天地广阔。

提亲的时候，张幼仪在苏州第二女子师范学校就读。张幼仪相貌端庄，不爱多说话，举止透露出文静之态，更有大家闺秀的气质。加上受过近代科学文化的教育和熏陶，以及家中兄长潜移默化的影响，张幼仪不再是旧式的柔弱女子。

为了不辜负家人和兄长的一番苦心，张幼仪终止学业，与徐志摩成婚。

二

姻缘并非符合逻辑的事理，就像秋日蓝天下的蒲公英，漫天飞舞却没有方向，不知最终会花落谁家。徐志摩与张幼仪，这两个生活轨迹原本就不会出现交集的年轻人，因为偶然的机缘巧合，因为父亲或家兄的意愿，最终走到一起。

张幼仪与徐志摩的这段姻缘，缘起于徐志摩的才情。张幼仪的四哥到杭州府中学堂视察的时候，翻阅学生的文章，唯有徐志摩那篇《论小说与社会之关系》给他留下印象，书写有神韵。他当即要求接见这位学生，当校长找来徐志摩时，张公权更是被眼前这位气宇非凡的少年折服。而且，当张公权知道徐志摩是硖石首富徐申如的儿子时，他就心意已定，要把自家二妹张幼仪许配给徐志摩。

张公权的意愿与徐申如一拍即合。这场婚姻隐含着各自的要求：张家因为徐志摩的才华，也许还因为徐家发达的实业，决定嫁出女儿；徐家因为张家的社会地位，因为广结天下有识之士的念想，决定迎娶儿媳。

这场婚姻，似乎与两位年轻人没有丝毫关系，他们无非是两个家庭联合的纽带。没有人问及张幼仪的意见，也没有人顾及徐志摩的感受，他们二人甚至在订婚前，还是未曾谋面的陌生人，却因为"他人"的缘故即将成为陪伴彼此终生的爱人。

1913 年夏天，徐志摩和张幼仪订婚了。徐志摩时年十六岁，张幼仪十三岁，正值情窦初开的年龄，也正值青春气盛的阶段，他们的未来充满了无限未知和可能。

三

无处安放的婚姻——

　　婚姻承载的东西远比爱情丰富，也远比爱情沉重。同自己一起走进结婚殿堂的，不一定就是自己最喜欢的；当然，在现代人看来，同自己一起走进结婚殿堂的，也不一定就是最后陪伴自己终老的。

　　1915 年夏天，徐志摩从杭州府中学校毕业，考入北京大学预科。第一次北上求学，有家父随行，所见所闻均让徐志摩感触良多。但不久，即收到父亲来信，催促其回家与张幼仪完婚。经过激烈的思想斗争之后，儿从父命、天经地义，不可违抗。于是，在秋天的微凉中，徐志摩跟随南飞的大雁，回到了江南。

　　1915 年 10 月 29 日，在硖石商会，徐家为徐志摩和张幼仪举行了声势浩大的结婚典礼。旧时嫁女娶媳准备嫁妆，张家为嫁女儿，费尽心机。张家专门派张幼仪的六哥去欧洲，所购之物，不仅豪华，而且大件，一节火车厢都运送不完，只能通过海路用驳船运到硖石。

　　当然，作为大户人家，作为有社会有身份的人物，徐志摩和张幼仪的婚礼特别引人注目。他们的婚礼没有恪守旧礼，张幼仪穿着洁白的婚纱，没有盖头，没有轿子，而是在徐志摩的搀扶下步入婚礼大堂。同时，二人没有拜天地，没有拜父母，只是怀着感恩父母的心情。证婚人是曾任浙江总督，后任中国交通总长的汤寿潜。

　　这样风光无限的婚礼，这样新式的典礼，自然成为当地人最新鲜稀奇的记忆。硖石人在很长一段时间里，对张幼仪与徐志摩的婚礼还津津乐道，比如新娘不穿红色穿白色，不拜天地父母，大逆不道等等。

　　结婚之后，张幼仪没有继续读书，留在硖石徐家，尽贤妻良母之道。徐志摩婚后也一直待在家里，直到1916年的春天，才重新进入上海浸会学院学习。

<h2 style="text-align:center">四</h2>

在短暂的相处中，徐志摩和张幼仪相敬如宾，没有过激的争吵和不合。很多传记作品将两人结婚后的生活描述得淡入止水，认为二人没有任何交流，也没有任何情感可言，徐志摩对张幼仪异常冷漠等等，其实这些论述有悖常理和事实。

徐志摩和张幼仪的关系，虽说不上恩爱有加，但也不是僵持的冷局，一直要比普通夫妇亲密。有人拿鲁迅和朱安来比徐志摩和张幼仪，有放大二人关系疏离之嫌。事实上，徐张的感情，比起胡适和江冬秀来，也会更胜一筹。虽然徐张没能将婚姻维系至终，但胡适与江冬秀也未必一直恩爱友好。

徐志摩去美国留学后，曾嘱托家里给张幼仪找老师，帮助她学习知识。在大洋彼岸听闻儿子徐积锴的出生，十分高兴。更为重要的是，当他得知张幼仪生子的痛苦时，内心难过了许久，并专门写信安慰幼仪。这些举动，断不是情薄之人所为。

<h2 style="text-align:center">第二节　英伦婚变</h2>

徐志摩从美国辗转到了英国之后，曾写家书希望父亲送张幼仪出国陪读。张幼仪去欧洲一事，学界有两种说法，一是张幼仪的兄

张幼仪：徐志摩眼中的「乡下土包子」

长希望徐家让妹妹出国陪伴徐志摩，因为二人分别的时间太长，不利于感情的稳固；一是徐志摩自己提出要求，希望家里送张幼仪来欧洲。不管是哪种原因，均表明徐志摩当时希望早日见到张幼仪。没有感情、没有牵挂，谈何企盼早日相见？

一

徐志摩对张幼仪应该是有感情的，要不他怎么会急切盼望父亲让张幼仪赴欧？

1920 年 11 月 26 日，徐志摩在家书中表达了对张幼仪的思念："儿自离纽约以来，过二月矣！除与家中通电一次外，未尝得一纸消息……从前，媳尚不时有短简为慰，比自发心游欧以来，竟亦不复作书。儿实可怜，大人知否？即今，媳出来事，虽蒙大人慨诺，犹不知何日能来？"[1] 即便如后来人们所说，徐志摩此番心意并非思念幼仪，而是希望她出来见见世面，调和二人的差距，那至少也可证明徐志摩对张幼仪的感情，是怀着积极的心态，希望有更和谐的将来，而不至于想到要和她离婚。

1920 年 12 月底，张幼仪抵达法国马赛港。徐志摩在拥挤的人群中迎接她的到来。他们乘火车去了巴黎，因为张幼仪的着装与欧洲的习俗相去甚远，徐志摩为她买了几件时新的衣服，并合影留念。并信寄往家中，告知家人张幼仪一路平安。这是体贴的表现，当然也可以曲说成是徐志摩爱面子、怕张幼仪中式的打扮给自己丢脸。

---

[1] 徐志摩：《致双亲》（1920 年 11 月 26 日），《徐志摩书信集》，韩石山编，天津：天津人民出版社，2006 年，第 6 页。

他们去英国选择的交通工具，也可以看出徐志摩对张幼仪的特别之处，想必是考虑到张从来没有乘坐过飞机，所以特地选走空路。虽然这是一次不太愉快的旅行，但徐志摩的出发点却是美好的。然后，他们一起乘飞机去伦敦。在飞机上，两人互斥对方是"乡下土包子"，因为飞机颠簸厉害，他们都"在机上大晕，从巴黎吐到伦敦"。[1]

世间万物，因个人的情绪而染上不同的色彩。倘若徐志摩与张幼仪没有后来的离别，那张幼仪的英伦之行，从头到尾，也许都会洋溢着和煦的春风。正是有了离婚，情感遭受了沉重的打击，一切都变得晦暗起来。

二

在英国安顿下来后，张幼仪与徐志摩也度过了一段平静而美好的时光。

张幼仪到来之后，徐志摩在沙士顿乡下租了一所房子。张幼仪很喜欢沙士顿，到处是绿色的植物，宛若自然公园。张幼仪在家里打点好一切，准备可口的饭菜，洗衣擦地，承担所有的家务。徐志摩只管安心地去学校念书，生活轻松惬意。后来，徐志摩还给张幼仪请了英语教师，因为她不习惯学英语，几周以后就中断了学习。

徐志摩曾创作了一首诗《夏日田间即景》，其中一节是：南风熏熏，／幻成奇峰瑶岛，／一天的黄云白云，／那边麦浪中间，／有农妇笑语殷殷。这是多么安逸的乡村生活，映衬出诗人内心安静踏

1　赵家璧：《写给飞去了的志摩》，《徐志摩全集》（第三辑），台北：传记文学出版社，1969年，第652页。

实的幸福。也就是在沙士顿，他们孕育了爱情的第二次结晶。

　　以上种种，证明当时徐志摩对张幼仪不是太差。我们今天常常拿两人文化的差异，去解释他们分手的原因，但两性之间的吸引，远没有这么简单。徐张的分手，也不仅仅是两人学历和文化的差异。

　　世事变化无常，时间永远行走在单行道上，我们无法假设没有林徽因的存在，徐张的爱情会沿着怎样的轨迹发展；更无法假设徐志摩当时稍有克忍，张幼仪一直陪伴他左右，徐志摩的人生又会是怎样的光景。

三

　　徐志摩和张幼仪在沙士顿的静谧生活是短暂的，它经不起外界风雨的侵袭。徐志摩陷入对林徽因不能自拔的爱恋中，对张幼仪的态度变得不冷不热，甚至看不惯她的一言一行。

　　在沙士顿，徐志摩后来因为林徽因而早出晚归。有一天晚上回来，张幼仪告诉他怀孕的消息，本以为徐志摩会为此高兴，对她的态度会变得温柔体贴。但徐志摩的回答让她如同置身冰窟，他完全不考虑张幼仪的身体和生命，要她去医院引产。张幼仪身处异国、语言不通、行动不便，丈夫如此对她，其绝望的心情可想而知。

　　二人直接的争吵源于一次聚会。一日，徐志摩告诉张幼仪，要请一位中国女留学生明女士来家里吃饭，张幼仪带着女人先天的敏感，认为这可能是丈夫的新欢。但她始终坚信徐志摩不会休了她。张幼仪侄女张邦梅女士在《小脚与西服：张幼仪与徐志摩的家变》中详细描述了这个场景："我从早到晚不得不一再向自己保证，我在徐家的地位是不会改变的；我替他生了个儿子，又服侍过他父母，我永远都是原配夫人。于是我发誓，我要以庄重高贵的姿态超脱徐志摩强迫我接受的这项侮辱，对这女人的态度要坚定随和，不要表现出嫉妒或生气。"[1]

那天晚上，徐志摩问张幼仪对明女士的看法，张幼仪承认她有知识，但却是三寸金莲。徐志摩为此大为恼火，认为张幼仪思想狭隘，以自己的天足来取笑他的朋友。最后，徐志摩终于说出了憋在心中许久的话，要和张幼仪离婚。

离婚无异于被休，对中国女性来说，是何等残忍的事情。要是传到乡下，又是一件多么丢人的事情，毕竟只有那些不守妇道的人，才会被夫家休掉。这也许只是后话，当时的情况是，张幼仪被徐志摩的话给怔住了，她不知道何去何从？自己孤身一人，千里迢迢来英国投奔夫君，而这个自己当时在国外唯一的依靠，却提出要抛弃她。

那晚之后，徐志摩一去不回，消失在伦敦的风月中。留下孤零零的张幼仪和腹中的胎儿，倚着门框，盼望着他身影的出现。

四

徐志摩和张幼仪在最美的年华里结婚，他们是闯进彼此心田的第一人，却不是爱情路上的守夜人，只是彼此匆匆的过客。

徐志摩在海外接受了民主和自由思想，包括对家庭和婚姻的看法也不可同日而语。徐志摩曾一度试图改变他与张幼仪的关系，接她到欧洲来，目的之一是想改造张幼仪的思想，使二人观念更接近。

1　张邦梅：《小脚与西服：张幼仪与徐志摩的家变》，谭家瑜译，合肥：黄山书社，2011年，第129页。

他们在英国的时候，曾一起去剑桥大学校园里散步、去看戏剧表演等，表明二人关系正常。但是，在巴黎给张幼仪买衣服的事件，成为徐志摩和张幼仪分歧的又一个起点：徐志摩本想首先从衣着上改变她，但她却以为徐志摩是在看不起她、嫌弃她。

张幼仪不喜欢学习，中国传统的礼仪思想在头脑中根深蒂固，她从来没有想过徐志摩会和她离婚，因为她给徐家生了儿子，没有干任何有伤风化的事情。她一直以旧有的婚姻观念来看待她和徐志摩的关系。

尔后，张幼仪盼来了家乡人黄子美，徐志摩父亲的朋友，他带着徐家人的意见前来劝慰张幼仪。徐家希望张幼仪继续做他们的媳妇，尽管再也做不成徐志摩的夫人，悲伤中的张幼仪无言以对。

万般无助之下，张幼仪不得不给巴黎的二哥张君劢写信，告知情况。张君劢感到很震惊，但希望妹妹抛却诸事，前去巴黎，他会照顾好她的一切。张幼仪后随七弟到德国，1922 年 2 月 24 日，在柏林生下次子，取名德生，小名彼得。

1922 年 3 月，徐志摩在朋友金岳霖、吴经熊的见证下，与张幼仪签订了离婚协议。徐志摩后来写下《笑解烦恼结》一诗，也许只是他个人内心的写照，对张幼仪而言，对一个刚刚分娩不足十天的女性而言，何谈"笑解"？

徐志摩与张幼仪七年之久的婚姻，到此画上句点。

1922 年 11 月 8 日，《新浙江》报上刊登了《徐志摩、张幼仪离婚通告》，民国第一桩文明离婚案就此尘埃落定。

洋博士胡适与村姑江冬秀的差距并不亚于徐志摩与张幼仪，至少张幼仪是名门闺秀，上过新式学堂，但最终二人的感情却以失败告终。但胡适坚守着与江冬秀的婚姻，原因何在？

首先，胡适与徐志摩相比，更有耐心，更善于沟通。胡适在美期间曾写信给江冬秀，感谢她对母亲的照顾；后来曾邮寄照片给她，亲自题诗表示思念："万里远行役，轩车屡后期。传神如图画，凭尔寄相思。"徐志摩每次写家书仅仅提及张幼仪，在美国寄照片回家时也是写的"敬奉我最亲爱的父亲母亲大人，此是儿于美所照的相，大人看了一定很欢喜。"作为妻子的张幼仪却没有得到丈夫的签名照。

其次，胡适与徐志摩相比，更懂得包容。留美改变了胡适的婚姻和社会观念，但他却依然守候着这段旧式婚姻。尽管他有过出轨的行为：1910 年出国到美国康奈尔大学，1913 年和该大学地质学院教授的女儿韦莲司产生感情，后来韦莲司去纽约学习绘画，胡适也随后去了哥伦比亚大学。但二人是不可能结合的，胡适有传统婚约；而西方人对黄皮肤的华人怀有种族歧视，韦莲司的家人一定反对。但二人关系一直很好，从 1913 年相识到 1962 年胡适去世，始终保持着恋爱关系，1933 年，胡适到芝加哥大学讲学，二人情感达到高潮。韦莲司一直没有结婚，直至胡适去世三年后，她才将胡适写给自己的一百多封信交给江冬秀。也许，这就是胡适为什么一直支持徐志摩和陆小曼的原因，因为他自己体味到了没有爱情的婚姻是多么痛苦。

徐志摩为自己单纯的"爱"的信仰付出了代价，甚至是生命。爱必须和必要的社会生活、物质生活相联系，仅仅是精神之恋，一定经受不住现实生活的考验。

第三节　灵魂伴侣

为什么短时间里，徐志摩对张幼仪的态度发生了巨大转折？原因并不出自张幼仪的思想保守或不思进取，而是因为徐志摩的心中有了另外一个追逐的对象。当一个人将所有的心思花在新鲜事物上时，他对旧有的一切便不再有丝毫兴趣。张幼仪正是在这样的情况下，被徐志摩置于不闻不问的境地，这也是他后来离开沙士顿住处、不知去向的真实原因。

台湾著名诗人席慕蓉在《无怨的青春》引言中写道："在年轻的时候，如果你爱上了一个人，请你一定要温柔地对待他。不管你们相爱的时间有多长或多短，若你们能始终温柔地相待，那么，所有的时刻都将是一种无瑕的美丽。若不得不分离，也要好好地说声再见，也要在心里存着感谢，感谢他给了你一份记忆。"

如此美好而豁达的文字，无懈地诠释了徐志摩和林徽因那段富有传奇色彩的情感。诚然，徐林二人相爱的时间不长，但他们能彼此珍视这份情缘，能对这份情感保持无瑕的美丽记忆，成为此后滋养漫长而寂寞人生旅途的甘醇。

一

林徽因（1904—1955），原名林徽音，祖籍福建闽侯，1904 年

6月10日生于杭州。林徽因虽出身名门，深得父亲林长民的喜爱，但生活的遭遇和家庭的曲折让她染上了忧郁而高雅的气质。

林长民第一次婚姻没有逃脱传统的束缚，父母代为做主的包办婚姻注定了悲剧的结局。就像秋风中摇摆的两片叶子，虽为同枝，却难免各自飘飞一处。林徽因的母亲何雪媛是林长民的第二任妻子，虽是有钱人家的小姐，但没有受过教育，目不识丁，也难以和他产生共同的话题。婚后八年，何氏为林家生有一儿两女，不幸的是儿子和一女儿过早夭亡，只剩下林徽因日后出落得亭亭玉立。

也许是求子心切，林长民后来又娶了第三个妻子程桂林，程氏不负众望，为林家生下了四儿一女。妻妾成群的传统家庭婚姻，必然会产生几室欢乐几室忧愁的格局，林徽因的母亲因为程氏的到来而不得不和林长民分居生活，从此失去了爱情和家庭的温暖，过着幽闭愁苦的生活。

母女同心，母亲的遭遇让林徽因感同身受，给她幼小的心灵投下了阴影，她因此过早地体悟到爱情和家庭的残忍。在林氏这个大家庭里，林徽因也因为母亲的地位而缺少众人的关注，父亲虽然爱她，却不能时时陪在身边，于是孤独和愁苦如盛夏的爬山虎，不自觉地布满她的心房。

林长民早年留学日本，是中国的新派人物，曾在北洋军阀政府任司法总长，1920年和梁启超一起下野，后辗转去了英国，并带上他视若掌上明珠的女儿林徽因同行。

正是林长民这次排遣政治忧愁的远游，在林徽因和徐志摩的生命之河中荡起了不小的涟漪，尤其使后者的生活发生了翻天覆地的变化。

二

剑桥大学是历史悠久的世界名校，在世人眼中是创造知识的神圣之地。但在中国人的心目中，剑桥却披上了一层浪漫的华彩，因为徐志摩与林徽因在此有过短暂的恋情。

1920 年 4 月，林徽因随父抵达春天的伦敦。那时，繁花渐次开放，萋萋绿草悄然爬满康河两岸，清新宜人的暖风拂面，哥特建筑透露出大帝国悠久的历史和现实的荣光。对于一位远道而来的东方姑娘来说，这一切的确充满了陌生而唯美的情愫。

短暂的新鲜感之后，林徽因体验到了跨文化交际中称之为"文化休克"（Culture Shock）的困扰。文化休克主要由两种不同文化的差异引起，过去所有的文化经验在新语境中突然休克，主体被抛入一个陌生的环境中，无所适从。当林徽因到达英国之后，她觉得这是一个陌生的地方，时常感到困惑，不知道自己的角色是什么，在英国社会的定位是什么，日常生活中应该怎样行为处事才够恰当。

很多年以后，林徽因对初到英伦的生活作过这样的描述："差不多二十年前，我独自坐在一间顶大的书房里看雨，那是英国的不断的雨。我爸爸到瑞士国联开会去，我能在楼上嗅到顶下层楼下厨房里炸牛腰子同洋咸肉，到晚上又是在顶大的饭厅里（点着一盏顶暗的灯）独自坐着，垂着两条不着地的腿同刚刚垂肩的发辫。一个人吃饭一面咬着手指头哭——闷到实在不能不哭！理想的我老希望着生活有点浪漫的发生，或是有个人叩下门走进来坐在我对面向我谈话，或是同我同坐在楼上炉边给我讲故事，最要紧的还是有个人要来爱我。我做着所有女孩做的梦。而实际上却只是天天落雨又落雨，我从不认识一个男朋友，从没有一个浪漫聪明的人走来同我玩——实际生活上所认识的人从没有一个像我所想象的浪漫人物，却还加上一大堆人事上的纷纠。"[1]

有人将林徽因的话视为对美好爱情的期待，也有人认为这是她多愁善感形象的写照。也许这些分析都是题中之义，但也不排除林徽因遭遇了文化冲突，她此时渴望见到故乡的雨，见到故乡的人，见到可以消除她在英国不适应感的浪漫者。

也正是在这个时候，徐志摩带着大西洋深秋凶险的波涛来到英国，闯进了林徽因的生活。徐志摩毫无障碍的人际交往能力，让他很快在伦敦中国留学生群体里成为知名者，并结识了很多来自国内的高层人物，其中就有林徽因之父林长民。

林长民与徐志摩成为莫逆的忘年交，这使徐志摩得以频繁地拜访林的寓所，因而认识了林徽因。徐志摩被林徽因清纯靓丽的外表吸引，二人在陌生的环境中成为彼此诉说愁肠的倾听者。最初，在徐志摩一方，他很快掉入难以自拔的情感漩涡里；而在林徽因一方，她似乎更乐意将徐志摩定义为父亲的朋友，家中幽默风趣的来宾。这也是后来很多研究者无从确定二人是否谈恋爱的症结所在。

万事万物总在流动变化中消磨世间的怨恨，弥合横亘的心河。林徽因是否也会像徐志摩一样，从内心深处流淌出一股情感的清甜之泉，这仍需时间的积淀。

1　林徽因：《致沈从文》，《林徽因文集》，北京：中国华侨出版社，2013 年，第 257 页。

三

在这段似有似无的恋情中，徐志摩和林徽因两人后来的态度大相径庭，前者毫不掩饰对后者的爱慕之心，后者却从不袒露真实的心扉。其实不管结果如何，只要内心曾经有过一次真诚的付出，或有过一次热烈的回应，又何尝不是寂寥人生的幸福光影？

在英国的时候，徐志摩隔三差五地拜访林长民，以期见到林徽因。不能相见的时候，就经常给她写信，倾诉人生的寂寞、苦闷的心理和不幸的婚姻等，同时也谈理想和人生。毕竟那时徐志摩也正值青春年华，有着不同寻常的抱负和追求，这也是他深深吸引林徽因的地方。

徐志摩当时一边苦苦地追求林徽因，一边和张幼仪展开了冷漠的拉锯战。他片面地认为，林徽因对他若即若离的原因，主要在于他是有妇之夫，如果能够顺利地和张幼仪离婚，那林徽因的顾虑就会减少，就会全身心地投入这场恋爱。但后来的事实证明，徐志摩的猜想和考虑是错误的。

徐志摩曾和林徽因结伴游玩，伦敦的很多地方留下了他们的足迹。林徽因 1934 年创作的诗歌《那一晚》中有这样的诗句："那一晚我的船推出了河心，／澄蓝的天上托着密密的星。／那一晚你的手牵着我的手，／迷惘的星夜封锁起重愁。……到如今我还记着那一晚的天，／星光、眼泪、白茫茫的江边！／到如今我还想念你岸上的耕种，／红花儿黄花儿朵朵的生动。"林徽因诗中所说的河即是康河，表明有天晚上，她和徐志摩在这里划船看天上的星星，他们甚至有过"手牵手"的肌肤接触，以至于林徽因在徐志摩去世几年之后，还能念想起那天晚上的情景。但与此同时，当年身陷爱情的男女对这段感情的结局感到"迷惘"，没有结果的爱情是悲伤的，所以密集的群星"封锁起重愁"。

可以肯定的是，徐志摩和林徽因经常在康河两岸散步，要不二人怎么都会在诗歌作品中提及"河"这个共同的活动场所呢？既然成双成对地散步，难道二人就没有恋爱吗？1922年春天，林徽因回国后，徐志摩孤独地在康河边散步，曾作诗《春》，其中一节如下：

> 雀儿在人前猥盼亵语，
> 人在草处心欢面赧，
> 我羡他们的双双对对，
> 有谁羡我孤独的徘徊？

这几行诗是徐志摩真实心态的写照，触景生情，物是人非，曾经和他"双双对对"散步的林徽因早已离开了英国，只留下他一个人在孤独地徘徊。

情感是诗歌的内容，除开经验式的书写外，诗人笔下的情感应该是他真实的生活体验。林徽因和徐志摩的诗歌作品中，都不约而同地提及那时的风，那时的月，那时的景，甚至那时的情。我们还有什么理由怀疑，真爱曾光顾过这两个年轻人呢。

四

爱情路上，徐志摩如同一只勇敢的飞蛾，一心向着光明进发，却忽视了躲在暗处的各种阻力，也看不清所寻光明的真实面目。

　　正当徐志摩和林徽因两人的感情发展到不知如何是终的时候，林长民毅然带着心爱的女儿回到中国。作为长者，林长民也许能更清楚地意识到，徐志摩和林徽因的感情只能以无言的结局收场。更残忍的是，林徽因回国不久，即和梁启超的儿子梁思成[1]订婚。梁启超和林长民系旧交，两家相互了解；而且林长民与张幼仪之兄张君劢也是朋友，他绝不能因为女儿和徐志摩的关系得到背信弃义的恶名，所以，再三思量之后，林长民同意了女儿和梁家公子的终身大事。

　　1922 年 10 月，备受相思煎熬的徐志摩匆忙回国，印度洋上洒满了他的不安和相思，不想心上人却已有婚约。但徐志摩一直没有放弃追求林徽因，哪怕他面对的竞争者是自己老师梁启超的儿子。1922 年，徐志摩经梁启超介绍到松坡图书馆当英文秘书，梁思成与林徽因也常来这里，并且他们有一间专门的书房钥匙，徐志摩经常在他们两人中插足，大有阻断二人关系的雄心。于是，梁思成后来不得不在门上挂了一个牌子，上面写着"lovers want to be left alone."显然，"恋人需要独处"是针对徐志摩的干扰而言的，此言既出，徐也只好作罢，很难再见到林徽因了。

　　不管林徽因是否对徐志摩的追求做出过回应，有一点是她当时没有认清的，那就是徐志摩将爱情视为生命的组成部分，她已经成为徐志摩生活里不可或缺的元素。所以，一旦失去，徐志摩便会痛

1　梁思成（1901 – 1972），梁启超之子。1924 年，梁思成偕同林徽因赴美国宾夕法尼亚大学学习建筑。1927 年，以优异成绩获得宾夕法尼亚大学研究院建筑硕士学位。接着他到美国哈佛大学研究生院学习，准备进行"中国宫室史"的博士论文，但是他感到研究工作不能光在书本中寻找资料而必须到实践中去考察研究，于是决定离开哈佛到欧洲考察建筑。回国后，他致力于中国建筑学的研究，是中国科学史事业的开创者、著名的建筑学家。毕生从事中国古代建筑的研究和建筑教育事业，系统地调查、整理、研究了中国古代建筑的历史和理论，是中国古代建筑学的开拓者和奠基者。

苦万分。在眼见就要失去林徽因的关键时刻，他祈祷林徽因能够给他爱情，因为这是他继续生活下去的精神食粮：

请听我悲哽的声音，祈求于我爱的神；
人间哪一个的身上，不带些儿创与伤！
哪有高洁的灵魂，不经地狱，便登天堂；
我是肉薄过刀山，炮烙，闯度了奈何桥，
方有今日这颗赤裸裸的心，自由高傲！

这颗赤裸裸的心，请收了吧，我的爱神！
因为除了你更无人，给他温慰与生命，
否则，你就将他磨成霏粉，散入西天云，
但他精诚的颜色，却永远点染你春潮的
新思，秋夜的梦境；怜悯吧，我的爱神
——徐志摩：《一个祈祷》

只要林徽因没有结婚，徐志摩就会抓住一切机会，争取得到她的爱。1924年泰戈尔访华，给徐林的见面提供了难得的机会，他们俩同为泰氏的翻译，而且共同演出泰戈尔的剧本，这让徐志摩陷入更为严重的单相思状态。泰戈尔在北平的时候，徐志摩特请泰戈尔出面劝说林徽因，让她与自己重归于好，还是无果而终。

1924年5月20日，文化界人士送泰戈尔山西之行，林徽因也前来与泰氏道别。徐志摩在车窗里望着这个熟悉而又陌生的面孔，心潮澎湃。联想到林徽因下个月即将和未婚夫梁思成赴美留学，从此与他天各一方，或许形同陌路，唯有茫茫的大海万古不变地鼓动着波涛。徐志摩此时感到"眼前又黑了"，在车未启动前即刻给林徽因写信，同行者有泰戈尔秘书恩厚之，他见徐志摩伤感过度，终止了他的书写，并夺走了徐志摩手中的信纸。20世纪70年代，这封信被香港徐志摩研究专家梁锡华寻得，其中所写无非是不相信他和林徽因会分手："离别！怎么的能叫人相信？我想着了就要发疯，这么多的丝，谁能割得断？我的眼前又黑了！" [1]

很多时候，我们可以祈求凡事都能天遂人愿，但却无法掌控世事的运转。更何况爱情涉及两个独立的个体，更难满足个人所愿了。徐志摩和林徽因的这段恋情，似乎从一开始都不在徐的掌控之下，林从来没有给他任何约定，他们之间也没有任何承诺。时过境迁，也许当时在心灵碰撞中产生过热量的林徽因，回国后面对更为现实的生活，开始逐渐冷却，徐志摩已经成为她成长过程中熟悉的朋友，而不再是恋人。

1924年6月，浩渺的太平洋上，一艘轮船载着两个年轻的中国人驶向美国，去实现他们的人生目标。而大洋的另一端，徐志摩的人生目标却越来越远，他与林徽因的缘分似乎已经到了尽头。

五

林徽因初到美国，入宾夕法尼亚大学美术学院学习，获得学士学位。1927年暑假之后，转入耶鲁大学戏剧学院学习舞台艺术。

与当年匆匆离开英国返回中国一样，林徽因到美国后几乎没有

1　徐志摩：致林徽因（1924年5月22日），《徐志摩书信集》，韩石山编，天津：天津人民出版社，2006年，第195页。

和徐志摩联系。梁思成和林徽因去美国后，徐志摩彻底绝望了，把这个结果看成是"一个噩梦"，并在心里无助地埋怨林徽因："你为什么负心？我大声的诃问——／但那喜庆的闹乐侵蚀了我的悲愤；／你为什么背盟？我双大声的诃问——／那碧绿的灯光照出你两腮的泪痕！"

徐志摩无能地盼望着林徽因回心转意，但站在林徽因一边，她早已和梁思成约定终身，并一同在美国学习，回头实在太难。徐志摩偶尔还是会想起从前，想起那些感动彼此的往事。他会尽可能地去了解林徽因的现状，去搜寻她的信息。林徽因一旦提及他的名字，就会让徐志摩兴奋不已。

林徽因在美国时，曾出于一种客气或者思念亲人朋友的缘故，说希望徐志摩给她写信。徐志摩闻讯激动异常，立刻到邮局给林徽因发电报，并且重复了一次。1927年3月，胡适到美国后，收到林徽因的来信："请你告诉志摩我这三年来寂寞受够了，失望也遇多了。现在到能在寂寞和失望中得着自慰和满足。告诉他我绝对的不怪他，只有盼望他原谅我以前的种种不了解。但是路远隔膜舞会是所不免的，他也应该原谅我。我昨天把他的旧信一一翻阅了。旧的志摩我现在真真透彻地明白了，但是过去，现在不必重提了，我只求永远纪念着。"[1] 时隔多年，林徽因似乎领悟到了徐志摩对她特别的爱，但当爱已幻化为云烟，林徽因和徐志摩只有面对现实，将过往作为一生的纪念。这也反映出林徽因的成熟，远在美国的她，隔着遥远的时空，更能够冷静地思考和看待过去的事情，尤其是那些缠绕着她的情感问题。

1   林徽因：《林徽因文集（文学卷）》，天津：百花文艺出版社，1999年，第319页。

实际上，徐志摩事后也能冷静客观地看待他们之间的恋情，认为这是他们生命中一个偶然的插曲。在《偶然》一诗中有这样的诗句："我是天空里的一片云，／偶尔投影在你的波心——／你不必讶异，／更无须欢喜——／在转瞬间消灭了踪影。"

六

每个人怀着不同的心思和情感，即便置身于相同的环境，也会有不同的体悟和感触。

1928 年 3 月，林徽因与梁思成在加拿大渥太华领事馆举行婚礼，随后他们去欧洲旅游两个月。在欧游中，不知林徽因是否想起当年的剑桥生活，是否想起曾经有个人那么热烈而执着地爱着她。而如今，陪伴在身边的却是另外一个人，那个爱过她的人是否还在痴心地爱着她？ 林徽因一定记得康河晚霞中那双散步的靓影，她在逐渐成熟之后，领会了徐志摩对她的爱，却最终没有选择去接受这份沉甸甸的爱。康河的流水依然清澈，沿着绿草覆盖的堤岸蜿蜒到远方，却已非昨日之康河水。

1928 年 6 月，徐志摩经日本去了美国，又经美国去了欧洲，大有重温旧日好时光的意图。想当年，他意气风发地从上海离岸，远赴美国，然后为追寻思想的导师经大西洋去了英国。这次出游，那个豪情万丈的青年人已经蜕变，徐志摩的生活陷入了难以自拔的泥沼，他和陆小曼的关系出现了破痕，郁闷之下才选择了出国游历。

徐志摩到了欧洲，一定会去英国；到了英国，一定会去剑桥；到了剑桥，一定会去康河。在爱情和婚姻不如意的情况下，默默地在剑桥和康河子宁而行，他自然又想到了林徽因，这个他终生的灵魂伴侣。曾经花前月下，荡舟康河，都已被林徽因含糊不清的拒绝之词湮灭，他只有将这段感情深埋心中，成为寂寞的人生旅途中甜美的回忆。

徐志摩在沿着康河边走边追忆往昔，夕阳的余晖洒在河面上，泛起粼粼的波光，他和林徽因在这里留下了让他一生都无法忘怀的生活。夕阳西下，草丛中的虫鸣声越来越大，似乎要吵醒徐志摩如梦的回忆，他真希望时间永远停驻在那一刻，永远静默在那一刻。生活是无奈的，时间是残酷的，徐志摩只能和康桥依依惜别，返身回到灯火阑珊的现实语境。于是，他写下了《再别康桥》，以祭奠那份终将逝去的青春之爱，以纪念那份终将永存的青春之爱。

徐志摩、张幼仪和林徽因曾在康河留下了故事，三人事后都旧地重游，但心境却千差万别。究其原因，主要在于与徐志摩感情的亲疏之别，主要在于徐志摩本人情感经历的曲折凝重。

七

徐志摩和林徽因一生中有三次相处或频繁见面的机会，每次差不多一年左右的时间。第一次在伦敦，时间是 1920 年至 1921 年；第二次在北京，时间是 1923 年至 1924 年；第三次依然在北京，时间是徐志摩去世前的 1930 年至 1931 年间。

时空转换之间，徐志摩内心强烈的爱情之火并不曾变弱，更不会熄灭。他初衷未改，一次次地向着爱情的光明之火煽动着永不疲倦的翅膀，却也一次次地空手而还。眼前跳动着的光明之火，似乎只是海上或沙漠中的海市蜃楼，清晰可见，但永远没有抵达的希望。

1926 年秋天，北伐战争让很多新月社同仁迁居上海，随着战事的结束，新月社同仁又纷纷迁回北京。上海时期的徐志摩，生活在生计的忙碌中，挣扎在感情的煎熬中。胡适不愿看到徐志摩被上海的十里洋场毁掉，于是力劝他回北京，后来在北京大学任教。而陆小曼沉溺于上海的花花世界，不愿与徐志摩一起北迁。恰巧徐志摩到北京的时候，林徽因肺部感染回到北京，在香山双清别墅疗养，于是徐志摩有了和林徽因单独接触的机会。

徐志摩与林徽因再次接触，外界流言传起，甚至远在上海的陆小曼也探听到其中的蹊跷。徐志摩给陆小曼去信解释说："我不会伺候病，去此能干，亦无此心思；你是知道的，何必再来说笑我。"而后又说："至于梁家，我确是梦想不到有此一着；况且此次相见与上回不相同，半亦因为外有浮言，格外谨慎，相见不过三次，绝无愉快可言。如今徽因侍母孑孑，远在香山，音信隔绝，至多等天好时与老金、桑苕等去看她一次。"徐志摩在信中不断强调他和林徽因见面的次数很少，而且后面即便再去，也是和其他人一道，并不是他和林徽因单独相处，试图打消陆小曼的疑虑。

徐志摩和林徽因到底超越了朋友关系，以至于有重续前缘之嫌。1931 年 4 月，林徽因写下《那一晚》这首诗，追忆她和徐志摩在剑桥的恋爱经历。林徽因没有署真名，而是以"尺棰"的笔名将此诗发表在徐志摩主编的《诗刊》上，至少徐志摩知道谁是真正的作者，他自当能理解诗歌中所抒发的情感到底为着哪般。种种迹象表明，林徽因在情感上已经开始和徐志摩形成呼应，他们的感情有了新的转机。

后来，林徽因又写了《仍然》一诗，来说明为什么他们会选择各自的生活道路，而没有走到一起，此诗是对徐志摩《偶然》的回应："你舒伸得像一湖水向着晴空里／白云，又像是一流冷涧，澄清／

许我循着林岸穷究你的泉源：／我却仍然怀抱着百般的疑心／对你的每一个映影！"

不过最后的诗行表明，林徽因坚持了一贯的沉默，没有明确表示对徐志摩爱意的接受："你的眼睛望着我，不断地在说话：／我却仍然没有回答，一片的沉静／永远守住我的魂灵。"

八

当年在英伦时，徐志摩是林徽因父亲的朋友，林徽因还是一个中学生，所以对徐志摩的感情感到惶恐。但现在，两人都经历了人生的风雨，成家过上了平常人的生活，爱情对他们而言显得更加弥足珍贵，他们会重新认识这段感情。

尽管流言四起，但徐志摩和林徽因在这一时期还是有了较多的接触。林徽因的儿子梁从诫在回想母亲和徐志摩这一时期的交往时说："我一直替徐想，他在1931年飞机坠毁中失事身亡是件好事，若多活几年对他来说更是个悲剧，和陆小曼肯定过不下去。若同陆离婚，徐从感情上肯定要回到林这里，将来就搅不清楚，大家都将会很难办的。林也很心痛他，不忍心伤害他，徐又陷得很深。因而我一直觉得徐的生命突然结束，也算是上天的安排。"值得诟病的是，梁从诫为了保全自家的完整，视诗人之死为"好事"，未免显得自私和狭隘。但此话表明，当时人们心里都清楚，徐志摩和林徽因的感情有了新变化。

时光荏苒，再度北上的徐志摩与林徽因见面时，距离英伦时期的恋爱已经十年有余，此时徐志摩对林徽因是一种超越了浪漫气息的爱，或许与得失全然无关，他对林徽因的感情变得更加深沉和理

张幼仪：徐志摩眼中的『乡下土包子』

性。徐志摩虽然和陆小曼过得并不幸福，但他会尽力维持这段婚姻，不会因此而消沉。他对林徽因的爱潜藏在心里，一直支撑着他坚强地活下去。比如《你去》一诗：

你去，我也去，我们在此分手；/你上那一条大路，你放心走，/你看那街灯一直亮到天边/你只消跟从这光明的直线……你不必为我忧虑；你走大路，/我进这条小巷，你看那株树/高抵着天……/凶险的前程不能使我心寒……/更何况永远照彻我的心底，/有那棵不夜的明珠，我爱——你！

林徽因和徐志摩尽管没有走到一起，但是最后，二人都接受了对方的感情，将对方作为灵魂的伴侣，在寂寞而冗长的人生旅途中，成为支撑彼此好好活下去的理由。

九

徐志摩 1931 年飞机失事遇难，成为中国现代文学史上的惨剧。从此，他结束了文坛内外的各种绯闻和争端，摆脱了现实生活的各种苦恼烦闷，在九泉之下安静地休息。

徐志摩遇难与三个女性有关。就林徽因一端来讲，若不是她盛情邀请他参加讲座，若不是她在讲座前要播放他的诗歌《常州天宁寺闻礼忏声》，他就不会急着赶这趟货运飞机返京。就陆小曼一端来讲，若不是她执意留在上海不愿北上，若不是她挥霍奢侈的生活，他就不会来回奔波劳碌，就不会频繁地赶乘飞机。就曼斯菲尔德一端来讲，若不是她的男朋友麦雷到中国参加太平洋会议，若不是想从麦雷口中探得更多关于她的消息，他也不会急着赶回北京参加这次演讲。不过，一切都是徐志摩自己做出的决定。"性格决定命运"，其友善的态度，真诚的情感，注定了他会赶赴这样一场约会，注定了他会遭遇这样一场劫难。

徐志摩去世之后，林徽因写了一篇很长的文章《悼志摩》来纪念诗人。文章对徐志摩的为人、为文都给予了很高的评价，认为他是一个受朋友尊重的人，是一个多才多艺的人。但写到最后，林徽因联系到自己的身世处境，不禁黯然神伤："我不敢再往下写，志摩若是有灵听到比他年轻许多的一个小朋友拿着老声老气的语调谈到他的为人不觉得不快么？这里我又来个极难堪的回忆，那一年他在这同一个的报纸上写了那篇伤我父亲惨故的文章，这梦幻似的人生转了几个弯，曾几何时，却轮到我在这风紧夜深里握吊他的惨变。这是什么人生？什么风涛？什么道路？"[1] 是的，爱惜自己的人一个个地离开了，能不让林徽因感伤动容吗？

1935年11月19日，徐志摩去世四周年之际，当很多人对诗人遗忘或者冷静下来之后，林徽因却还在给徐志摩写纪念文章《纪念志摩去世四周年》。文章依然谈到了徐志摩身后的诗歌如何被评价，人们如何在繁杂的现实中度日等等。但林徽因大有借祭文之辞，浇自己心中情感的块垒之意，徐志摩始终是她生命中无法忘记的人物，他对她的感情始终铭记于心，遇到合适的场合或景致就会引发她的愁绪。

在这篇纪念文章中，林徽因对徐志摩的想念以及内心的酸楚溢于言表。"去年今日我意外地由浙南路过你的家乡，在昏沉的夜色

张幼仪：徐志摩眼中的『乡下土包子』

1　林徽因：《悼志摩》，《林徽因文集》，北京：中国华侨出版社，2013年，第92页。

里我独立火车门外，凝望着那幽暗的站台，默默的回忆许多不相连续的过往残片，直到生和死间居然幻成一片模糊，人生和火车似的蜿蜒一串疑问在苍茫间奔驰。……如果那时候我的眼泪曾不自主地溢出睫外，我知道你定会原谅我的。你应当相信我不会向悲哀投降，什么时候我都相信倔强的忠于生的"。[1] 车过徐志摩的家乡，林徽因想起了死去的诗人，那些不相连续的过往残片一定包含着他们昔日的情感纠葛，包含着温馨或者感伤的经历。

林徽因在祭文中说，徐志摩是一个忠于"生"的人，他的人生信念影响了林徽因，即使生活再悲伤、再无助，她也会像志摩一样，勇敢地活下去。这当然也从另外一个角度说明，徐志摩对林徽因的爱成为温暖她人生旅途的良剂。

活着不易，逝者如斯，谁能记起旧日好时光？

十

清代词人纳兰性德在《木兰花·拟古决绝词柬友》中写道："人生若只如初见，何事秋风悲画扇？"人生如若只是初见，又何须感伤离别？

林徽因在徐志摩去世后，多次撰文追悼，痛感志摩的离别，足以表明他们俩不再是"初见"，而是有了难舍的情感。林徽因最终对徐志摩做出了正面响应，她在1936年发表了《别丢掉》一诗，实际上是"民国二十一年"写的，但却在徐志摩去世多年后才发表，说明她对此诗所抒发的情感有所顾忌。"你向黑夜要回／那一句

[1] 陈衡哲：《纪念志摩去世四周年》，《林徽因文集》，北京：中国华侨出版社，2013年，第122页。

话——你仍得相信／山谷中留着／有那回音！""回音"与"徽因"似有关联，林徽因要徐志摩相信，她仍然是他值得找寻的山谷幽兰。

徐志摩 1931 年坠机后，梁思成、张奚若等北京的朋友赶赴现场，梁思成从现场捡回一块飞机的残片。林徽因后来一直将这块残片挂在卧室的墙上，直到去世都没有取下来。她的用意十分明显，要让徐志摩的灵魂一直陪伴着自己。

徐志摩和林徽因的恋情几经演绎，成为民国时期最具传奇色彩的爱情故事，也是今天人们向往的至真至纯的爱情模式。实际上，太过纯洁的爱情经受不住现实的风浪，就像娇艳的鲜花在一场夜雨之后，就会全部零落一样。婚姻是现实社会和物质关系的总和，感情只是联系两个人的纽带，能否步入婚姻的殿堂，还取决于多种因素的共同作用。

即便徐志摩和林徽因没有走到一起，但他们没有放下对方，一直惦念着对方。徐志摩生前视林徽因是一生的灵魂伴侣，他对她的爱是鼓励诗人生活下去的理由；林徽因年轻的时候并不理解徐志摩对她的爱，待到成熟之后，方觉这份爱的沉重和珍贵。徐志摩去世后，这份爱也成为鼓励林徽因好好生活下去的精神支柱。

抗战爆发后，林徽因一度和梁思成迁居西南大后方，在物质匮乏的年代，她继续着自己的建筑研究。解放后，林徽因被聘为清华大学建筑系教授，参与了中华人民共和国国徽的设计。1955 年 4 月 1 日，林徽因病逝于北京。

徐志摩与林徽因有缘无分，也许正是隔着生活的距离，才成就了他们心灵和爱情的高度，最后成为彼此情感的依托和注脚。也许正是他们没有结果的爱情留下的遗憾，世间至今才有关于他俩的美丽传说。

第四节　重获新生

　　巴黎之行，意味着徐志摩与张幼仪分手已成定局。但也正是巴黎之行，让张幼仪在人生道路上迈出了不可思议的步伐。多年以后，张幼仪谈起与徐志摩分手一事，她从心底都不怨恨他，而是带着一种感激之情，没有那次婚变，就不会有自己后半生的辉煌。

一

　　起初，张幼仪在巴黎和二哥住在一起。

　　张君劢当时尚未结婚，而且学习任务繁重，没有能力和心思照顾妹妹。无奈之下，只能把张幼仪委托给巴黎的朋友刘文岛。刘夫人热情地接待了她，并经常开导郁郁寡欢的张幼仪，让她从失败的婚姻中走出来。张幼仪在刘家呆了五个月时间，分娩的日子渐渐临近，总不能再待在别人家里生孩子吧。张君劢已经从巴黎去了德国的耶拿大学，怎么办？恰巧七弟来法国，在巴黎短暂停留后，便带着姐姐去了德国。

　　1922年2月24日，张幼仪在德国柏林一家医院产下一子，取名德生，顾名思义，在德国出生，小名彼得。这让张幼仪从分娩的痛苦中找到了安慰，徐志摩虽然离开了，毕竟孩子是自己的。

　　在医院休息了一周，张幼仪拖着疲惫的身体回到七弟的住处。七弟随即给她一封徐志摩的来信，张幼仪满心欢喜，以为是徐志摩给儿子降临的问候。但展开来信，张幼仪再次跌入了冰窟。徐的来信，是要和她讲"彼此尊重人格，自由离婚"之事，并未有丝毫的问候和安慰，也没有提及孩子出生的事。

信是吴经熊[1]先生送来的，绝望中的张幼仪立刻拨通了他的电话，说第二天就去见徐志摩。徐志摩早已拟定好离婚协议，并邀请吴经熊和金岳霖[2]做离婚证人。他开始还担心张幼仪不签字，但没想到她很爽快地在离婚协议上签了字，了却了彼此心头的旧爱新恨。

徐志摩与张幼仪离婚的消息传到亲戚朋友耳里，引起一片嘘叹。

当张君劢听到妹妹和徐志摩离婚后，首先想到的不是妹妹郁闷的心情，而是张家失去徐志摩之痛："张家失徐志摩之痛，如丧考妣。"

张家一直对徐志摩很好。首先是张幼仪本人，后来他们成了很好的朋友；张幼仪的八弟张禹九，1926年盛装参加了徐志摩和陆小曼的婚礼，1931年徐志摩飞机失事以后，陪同徐积锴护送徐志摩的灵柩南下，并在去世前嘱托家人不要在写传记时对徐志摩太苛刻，自己死后不放哀乐，只要朗诵几首徐志摩的诗歌即可。

1　吴经熊（1899—1986），又名经雄，字德生，1899年3月28日生于浙江鄞县。1916年入上海沪江大学学习，不久转入天津北洋大学，1917年入东吴大学法科学习。1920年赴密歇根大学法学院学习，1921年获法律博士学位，后赴巴黎大学、柏林大学、哈佛大学访学。1924年回国，任东吴大学教授、上海公共租界工部局法律顾问，1927年任上海特区法院法官、东吴大学法学院院长，1928年任立法委员、司法院法官，1929年任上海特区法院院长，1933年任立法院宪法草案起草委员会副委员长，1945年任国民党第六届候补中央执委，1946年任驻教廷公使、制宪国民大会代表等。1966年由美国赴台湾，任台湾"总统府"资政、国民党中央评议委员等。1986年2月6日在台北逝世。

2　金岳霖（1895—1984），字龙荪，浙江诸暨人，著名哲学家、逻辑学家。1914年毕业于清华学校高等科，同年官费留美，在美国宾夕法尼亚大学学习，后转入哥伦比亚大学；1920年，获美国哥伦比亚大学政治学博士学位；1921年，到英国学习，在伦敦大学经济学院听课；1925年回国，1926年在北京清华大学任教授。之后一直从事哲学和逻辑学的教学、研究和组织领导工作，是最早把现代逻辑系统地介绍到中国来的逻辑学家之一。把西方哲学与中国哲学相结合，建立了独特的哲学体系，培养了一大批有较高素养的哲学和逻辑学专门人才。金岳霖一直深爱着林徽因，终生未婚。

徐申如一直觉得对不住张家，他把张幼仪当作义女，家产也留一份给她。徐志摩和陆小曼婚后，徐申如夫妇常常住在张幼仪家，而不进儿子家门。

作为徐志摩的老师，梁启超在这个问题上对徐志摩的责怪多于理解。在给徐志摩的信中写道："万不容以他人之苦痛，易自己之快乐。弟之此举，其于弟之将来之快乐能得与否，始茫如捕风，然先已予多数人以无量之苦痛。"徐志摩回信说："我将于茫茫人海中访我唯一灵魂之伴侣。得之，我幸；不得，我命。如此而已。"

徐志摩写了一首诗《笑解烦恼结（送幼仪）》，一则表达他的解脱之意、二则送给张幼仪作纪念。他是消除了烦恼，而张幼仪却又结了新愁。

二

张幼仪在离婚之初走投无路，甚至有死的念头。后来她记起《孝经》上的"身体发肤，受之父母，不敢毁伤，孝之始也"，于是打消了寻死的懦弱念头。

回忆往昔走过的道路，张幼仪却因为离婚而感谢徐志摩。若不是离婚，她可能永远不会找到自己的出路，也永远不会成长。徐志摩与她离婚，使她得到解脱，使她迅速成长，与之前判若两人。

德国的早春充满寒意，徐志摩留下一纸协议离婚书，将张幼仪抛入茫然和无助的崩溃边缘。好在有兄长的支持和安慰，有徐申如物质上的帮助，等到鲜花将房的檐下点缀得热闹非凡的时候，张幼仪分娩后的身体也逐渐恢复。

当女性爱上男性之后，就会迷失前进的方向；当女性对丈夫产生依赖心理后，就会失去奋斗的动力。当初张幼仪为与徐志摩结婚，从苏州第二师范学校辍学，扮演着相夫教子的角色，从此将自己的未来维系在丈夫和小孩儿身上，对自己何去何从，丝毫没有想法。也正是这样的观念，不知多少女性埋葬了青春，埋葬了才华，埋葬了属于自己的人生。

张幼仪冷静之后，开始规划自己的生活，毕竟那时她才二十五岁，未来的道路还很漫长。既然与徐志摩离了婚，既然不远千里来到欧洲，那一定要学有所成，像欧洲的女性一样，拥有自己的职业和社会地位。

三

张幼仪德国的留学生活是艰苦的，不仅孤身一生，而且还要照顾儿子彼得。

徐志摩和张幼仪离婚后，徐家感觉对不起张幼仪，加上张家势力强大，徐家倒能善待这个被儿子抛弃的女人。徐申如每个月给张幼仪邮寄二百美元，用作张幼仪和儿子的生活与学杂费开销。有时候，因为各种杂事，徐家延迟几天给张幼仪寄钱，就会影响她在国外的生活。张幼仪必须精打细算，才能顺利地度过漫长的时日。

张幼仪由于带着孩子，考虑到儿子将来的教育，所以在德国选择了学习幼儿教育。裴斯塔诺学院 (Pestalozzi Furberhaus) 是一所师范院校，张幼仪在这里学习非常刻苦，她知道学习机会来之不易，而且今后要凭借自己的能力生活。张幼仪班上有十五位同学，全都是女生，她白天去学校念书，晚上回来照顾孩子，料理家务。

张幼仪当时请了一位维也纳单身女人多拉协助自己，多拉白天照顾彼得。据说彼得是个非常可爱的孩子，浓黑的头发，一双大眼透着机灵活泼。不幸的是，彼得周岁时开始生病，时常拉肚子，呼吸不畅。后到医院检查，方知肠道有寄生虫，最后因为吃不下食物，肚子肿胀得厉害。1925 年 3 月 19 日，彼得因腹膜炎离开了世界。3月 24 日，张幼仪德国的兄长、朋友给彼得送行，自与徐志摩离婚后，张幼仪第二次在海外遭受严重的情感创伤。

当初徐志摩与张幼仪离婚后，张将情感寄托在儿子身上。随着彼得的成长，她逐渐摆脱了离婚的阴影，那些寂寞和无助的时光，因为儿子的存在和陪伴，变得充实且有意义。如今，彼得走了，张幼仪又是孤身一人，她内心的失落和难受无以名状。

说来凑巧，儿子彼得离世时，徐志摩因为第二段感情的风波，于 1925 年 3 月 10 日，从西伯利亚抵达德国。但残忍的是，徐志摩没有见到儿子一面，当年彼得出生的时候，他只是隔着玻璃远远地瞧见了一眼。他在 3 月 26 日赶赴柏林，儿子的火化和告别仪式是在 3 月 24 日；倘若再早行几日，他还能见到活生生的儿子。看来彼得与徐志摩的父子缘分浅近。

面对昔日的妻子、面对儿子的骨灰，徐志摩有何感受？他在给陆小曼的信中，记录了这尴尬而悲伤的一幕："柏林第一晚，一时半。方才送 C 女士回去，可怜不幸的母亲，三岁的小孩只剩了一撮冷灰，一周的死的。她今天挂着两行眼泪等我，好不凄惨；只要早一周到，还可见着可爱的小脸儿，一面也不得见，这是哪里说起？他人缘倒有，前天有八十人送他的殡，说也奇怪，凡是见过他的，不论是中国人德国人，都爱极了他，他死了街坊都出眼泪，没一个不说的不曾见过那样聪明可爱的孩子。曼，你也没福，否则你也一定乐意看见这样一个孩儿的——他的相片明后天寄去，你为我珍藏着吧。真可怜，为他病也不知有几十晚不会阖眼，瘦得什么似的，她到这时还不能相信，昏昏的只似在梦中过活。"[1]

这次见面，徐志摩和张幼仪彼此的心里少了很多怨恨，多了几份从容和练达，他们不再是当初的夫妇，也不再怨恨着对方。七年的夫妻生活，如今积淀成一份友情，或者一份亲情？张幼仪成了徐家的义女，徐志摩与她依然有割不断的牵连。张幼仪希望徐志摩陪同她去意大利旅游，消遣心头的失子之痛。徐志摩陪同她游玩了威尼斯、弗洛兰萨、罗马等地。这次出游，同行的还有一对英国姐妹，徐张之间已经不可能重履爱情的踪迹。

旅行结束之后，张幼仪回到柏林继续学习。徐志摩则选择南下，继续漫无目的而又魂不守舍的欧游。

四

短暂的旅行让张幼仪的失子之痛稍有缓解。

稳定情绪之后，她决定不再居留柏林学习。当初选择学习幼儿教育，是想回国后创办幼儿园，教育好儿子彼得。如今彼得离开了，她失去了学习的动力，学习对她似乎也失去了意义。于是，张幼仪离开柏林，这个曾经带给她无限伤痛的城市，带给她生活希望的地方，前往汉堡定居。

虽然张幼仪在德国没有完成学业，但作为一个女性，作为一个旅居欧洲五年之久的留学生，她的所见所闻，所学所思，足以在中

---

1 徐志摩：《致陆小曼》（1925年3月26日），《徐志摩书信集》，韩石山编，天津：天津人民出版社，2006年，第88页。

国谋取一份自食其力的工作。更为重要的是，经历了离婚的风波、失子的痛苦，无数个被孤独和无助纠缠的日夜，张幼仪的心智不仅开始成熟，而且变得十分强大，她足以面对人世的各种变化，足以冷静地处理各种突发事故。张幼仪已经从一位传统的女性蜕变成现代的知识女性，从一个柔弱的家庭主妇变为独当一面的女强人。

1925年6月26日，徐志摩在欧洲收到陆小曼的来信，得知其病重。7月14日，陆小曼又发来急电，称徐志摩若不赶回国内，就难见她最后一面。徐志摩匆匆地跨过英吉利海峡，前往巴黎，经苏联，于7月底返回中国。归国后，徐志摩和陆小曼经过努力，终于争取到自己的幸福。

徐志摩和陆小曼之间爱情有了转机，但要最终修成正果，还需面临和解决许多问题。其中之一，就是徐申如一定要张幼仪亲自开口同意，徐志摩与陆小曼才可以结婚。也许徐志摩早已把张幼仪视为朋友，或者路人；但在徐家，张始终是他们的媳妇，那张怕依签署的离婚协议没有任何效力。徐志摩娶陆小曼，在他们眼里，无异于纳妾，因此必须经第一夫人同意。

张幼仪接到徐申如的来信，要她决定徐志摩能不能娶陆小曼。张幼仪读信后，思绪复杂，她已经与徐志摩没有任何联系，他的事情与她无关，何必要征求她的意见呢？而且，徐张之间已经没有爱情，张幼仪又何必为难徐志摩呢？徐申如的行为，实际上只是给自己一个安慰，给张家一丝安慰，并不能改变事情本身的发展方向。

张幼仪最后还是选择了回国，一是对徐申如表示尊敬，二是去国几年，家乡的一切都让她牵挂。父母身体如何？阿欢也该长高了？她在国外经历了人生的各种打击，又无处诉说衷肠，回家是她感到温暖的最好决定。

第五节　京城名媛

　　为等一片叶子的新绿，我们要花上两季的时间；为等一个人的到来，我们要耗尽一生的光阴。生命中让你驻足停留的那个人，要么与你相视一笑，结为连理；要么与你擦肩而过，形同陌路。而最后能够陪在我们左右的，或者一直惺惺相惜的，却可能是偶然闯入我们生活的那个人。

　　世间人事，因为短暂，所以永恒；因为漫长，所以乏味。徐志摩和陆小曼的婚姻，正好印证了此理。婚前浓得化不开的感情，满城风雨的传言，各方势力的反对等等，均未能终止徐陆二人步入婚姻殿堂的脚步。婚后生活的乏味，情感交流的短缺，夫妻关系的冷淡等等，让徐陆二人的婚姻高开低走。

　　众人美好的祝福化为风烟，只留下一地残红，诉说着结局的凄凉。

一

　　陆小曼（1903—1965），原名陆眉，祖籍江苏常州，1903年11月7日出生在上海。陆小曼在上海与母亲生活了八年多的时间，然后迁居北京，与父亲一起生活，一家三口团聚一处，过着大户人家的生活。

　　陆家早年是常州一带的书香世家，属名门望族。陆小曼的父亲陆定[1]是清代举人，因为科举制度的废除而东渡日本求学，在早稻田大学[2]深造，与北洋时期的大军阀曹汝霖相识。陆定曾加入过同盟会，后加入国民党，在思想上属于新派人物。

陆小曼从小生活优裕，养成了日后用钱无度的习惯。其父回国后入清廷掌管财政事务的机构度支部任职，先后任参事、赋税司长等职。用今天的话来讲，陆小曼父亲在财政部工作二十多年，且担任过中层领导，其家用还会短缺吗？也即是说，陆小曼出生书香门第和官宦之家，生活条件丰厚，是名副其实的大家闺秀。

陆小曼本人天资聪慧，加上有丰厚的家学渊源，从小受到琴棋书画的熏陶。到北京之后，陆定非常疼爱女儿，送她到教学先进的教会学校——法国圣心学堂学习。在那里，陆小曼开阔了视野，英文进步很快，在十五岁的时候，就能熟练地应用英文写作，法文也达到了熟练交流的程度，并在业余练习跳舞和演戏。

琴棋书画、外语、跳舞、长相等加在一起，正值花季年龄的陆小曼，已是名满京城的"窈窕淑女"。据说北京外交部举办舞会，如果陆小曼没有参加的话，整个舞池就会顿失风景。

据现有的很多文献资料描述，陆小曼小时候机智勇敢、观察敏锐。袁世凯上台后，严惩新派党人。有一天，父亲上班出门的时候，陆小曼让他把党员的证件留在家里，不要随身携带。果然，陆定刚

---

1 陆定（1873—1930），曾名孟彦，字厚生，笔名名专生定，浙江举人，日本早稻田大学毕业，是日本名相犬养毅文馆写真学生，在日本留学期间，参加了孙中山先生的同盟会。是国民党元老，也是中华储蓄银行的主要创办人。陆小曼的母亲吴曼华，小名梅寿，是常州白马三司徒中丞后人吴耔甫之独生女，聪慧多才能，古文有较高功底，擅长一手工笔画，写字秀丽雅致时或长自作画，"小曼"之名也来源于母系的名字。

2 早稻田大学（早稲田大学，Waseda University）又名稻门，是日本东京都新宿区的私立大学。与早稻田大学"同根同生双星"，其前身是1882年大隈重信创立的东京专门学校，1901年改称早稻田大学。陆小曼父亲陆定资金让其学习。

出家门，就被警察带走；后来又有大批宪警包围了陆家，小曼与警察应对自如，没有暴露父亲的丝毫信息。警察厅无罪释放了陆定，人们纷纷夸赞小曼智勇双全。

陆小曼成长为才貌双全的名门闺秀，提亲者足以踏破陆家门槛。然而，陆小曼能收获爱情吗？她日后的婚姻会幸福吗？

二

对于陆小曼这样一位多才多艺的美少女，追求者不计其数。说来蹊跷，父母最终将她许配给了一个行伍军人。

这个击败很多竞争者，成功迎娶陆小曼的人就是王赓[1]。了解到此人的背景资料后，路人就不会再认为陆小曼嫁给他是不可思议的事情。王赓出生在江苏无锡，官宦家庭，家道中落。他发奋学习，考入清华大学留美预科班，到美国后曾在普林斯顿大学学习哲学，后转入西点军校专攻军事，与前美国总统艾森豪威尔是同学。

1918年，王赓回国后曾在外交部工作，后在北京大学执教。1919年，顾维钧先生被北洋政府任命为中国出席巴黎和会的代表，王赓因为学识俱优而被任命为上校武官，一起参加巴黎和会并提出不少有见地的对策。

王赓留学回国后，翻译了很多外交档，成为中国外交界的知名人物。王赓长得仪表堂堂，在当时被看作最有前途的文武全才式的

---

1 王赓（1895—1942），江苏无锡人，1911年清华毕业后保送美国，先后在密歇根大学、哥伦比亚大学、普林斯顿大学就读，1915年获普林斯顿大学文学学士后转入西点军校，1918年西点毕业时为全级137名学生中第12名。王赓回国后曾任职北洋陆军部，并以中国代表团武官身份随陆征祥参加巴黎和会；后任交通部护路军副司令并晋升少将，在当时是很有前途的年轻人。

人物。这也是陆小曼父母拒绝很多显贵世家的提案，而决意将女儿嫁给王赓的主要原因，陆家看重的是女婿未来的发展。

王赓在年轻人中十分出色，陆小曼的父母对他欣赏有加，很快就为陆小曼与王赓举办了婚礼。这场新式婚礼在北京海军联社举行，结婚的一切费用均由陆小曼父母承担。他们婚礼的铺张和排场惊动了京城：一是仪式隆重，共有九位女傧相，除曹汝霖、章宗祥等显赫人家的小姐外，还有英国小姐；二是参加婚礼的人多且层次高，大约有一千多中外客人参加了婚礼；三是参加婚礼的人衣着奢华，所有傧相的衣服都由陆家付钱统一订制。

豪华的婚礼之后，陆小曼和王赓还得步入普通的生活，面对一般家庭共有的各种事情。人们常说婚姻是埋葬爱情的坟墓，一旦结婚，两个人必须共同处理琐碎的生活，主要精力都耗费在柴米油盐和社会关系上，哪还能分身出来谈情说爱。陆小曼和王赓的婚后生活出现了很多裂痕，有些是永远无法弥合的，有些则是现实原因所致。

生活方式的差异让他们产生了矛盾。陆小曼出身名门，家庭条件优越，加上才貌出众，所以天性高傲。加上从小父母的溺爱，养成了自由任性的性格，她对婚姻的需求势必会多于普通的女性。结婚后，陆小曼希望丈夫带着她出席各种舞会、戏场、聚会和游乐场所、社交活动等，这比较符合她的秉性。

但王赓工作繁忙，加上西点军校的训练，他从周一到周六都在不停地忙碌和工作，陪陆小曼的时间很少。而且，他作息时间有规律，什么时候睡觉、什么时候起床、什么时候吃饭等日常生活，都安排得井井有条。因此，王赓近乎刻板的生活方式与陆小曼爱交际和享乐的性格相去甚远。

但实际上，陆小曼的要求也有些脱离实际，男人总得有事业心，总得挣钱养家，如果成天沉溺于游玩的话，哪来的生活保障？她的第二段婚姻同样如此，在物质压力面前，她不得不让徐志摩外出上课，徐也没有时间成天陪在她身旁啊。

陆小曼与王赓的分手也有客观原因。结婚后不久，王赓调回了陆军部，后被任命为哈尔滨警察局局长，陆小曼不愿意随其前往，所以独自滞留北京。没有丈夫在身边，陆小曼的生活自由自在，她成了北京城有名的交际花。而她与丈夫之间的矛盾和差距，随着两人交流的减少，大有愈演愈烈的趋势。

恰巧在这个时候，家庭生活憋闷的陆小曼，遇上充满失恋痛苦的徐志摩，后果便可想而知。

三

民国时期的名人结社，要么为着共同的理想，要么为着消遣闲暇时光。但结社的根本目的，还是在于凝聚一批志同道合的有识之士。

"新月社"的前身是新月俱乐部，名称借用泰戈尔诗集《新月集》而成，由徐志摩之父徐申如和同乡黄子美出资，安排周末或空闲时期的聚会和娱乐。由于只是俱乐部，参加者的社会身份和职业混杂，不过主要还是梁启超的学生居多，王赓就是其中一位。后来，随着泰戈尔访华和徐志摩接手编辑《晨报副刊》，新月社逐渐成为一个文学社团。

1924 年秋冬之际，在新月俱乐部的活动中，徐志摩认识了陆小曼。王赓是梁启超的学生，是北京城青年人中的佼佼者，自然是新月俱乐部的成员，偶尔也带着陆小曼参加俱乐部的活动。参加几次活动后，徐志摩和王赓、陆小曼逐渐成为朋友。有时候，王赓公事缠身走不开，就叫徐志摩陪伴陆小曼外出游玩。那时候，徐志摩刚好因为林徽因去了美国而情感无依，生性浪漫的诗人和善于社交的名媛之间，于是很容易就产生了感情，徐志摩和陆小曼在不知不觉中陷入情网。1924 年 12 月 30 日，徐志摩在大雪纷飞的时节写下了《雪花的快乐》，该诗可以证明他已经和陆小曼有了特殊的感情："那时我凭借我的身轻，/ 盈盈的，沾住了她的衣襟，/ 贴近她柔波似的心胸，/——消溶，消溶，消溶 / 溶入了她柔波似的心胸。"

1925 年 2 月，徐志摩和陆小曼的恋情传开，在北京闹得满城风雨。陆小曼在社交圈享有盛名，但作为一个已婚女子，她的行为过于超前，不免让人觉得有失检点。一个女子经常出入社交场合，也许表面上有人愿意与你交往，但私下里不一定对你有好评价。陆小曼在徐志摩面前抱怨她的婚姻生活，比如父母包办、没有感情基础、王赓不懂风情等等，这给单身的志摩传递出有机可乘的信号。于是，他们抛开世俗的眼光，为着婚姻的自由和幸福，勇敢地迎向各种阻力。

陆小曼在这场恋爱中，表现出超凡的勇气。她毫不节制和掩饰自己的真情，敢爱敢恨，这对一个已婚女性来说，需要莫大的胆量。正是陆小曼的这一个性让多情的诗人无法自持，于是很快坠入爱河，并有了肌肤的接触。1925 年 3 月 3 日，徐志摩在给陆小曼的第一封信中说："灵与肉是实在不能分家的。" 1925 年 9 月 9 日，徐志摩写下《我来扬子江买一把莲蓬》，其中有这样的诗行："那阶前不卷的重帘，/ 掩护着同心的欢恋；/ 我又听着你的盟言，/ '永远是你的，我的身体，我的灵魂'。"

林徽因、凌叔华等和徐志摩有过相爱的经历，但她们无法做到陆小曼的大胆，更无法为了自己的幸福勇敢地舍弃和追求。所以，她们最后和徐志摩擦肩而过，只有陆小曼的爱船泊进了徐志摩情感的港湾。

四

在徐志摩和陆小曼这场闹剧般的恋爱中，一个是离婚单身的文化名人，一个是已婚的名媛，很容易引起人们的高度关注。

徐志摩和陆小曼之间的恋情从地下转入公开状态之后，随着谈论人群的增多，他们面临的压力也逐渐增大。一时间，二人成为京城人士茶余饭后的谈资，有人认为陆小曼是交际花，主动勾搭徐志摩，抛弃前夫；有人说徐志摩是情种，休了原配夫人，追求过很多女人，最后居然打起了已婚之妇的主意，破坏别人的家庭。这当然属于批评一路的声音，但也有少数人站在两人的角度，认为他们有争取婚姻自由的权利，而且恋爱是私事，不必作为笑柄挂在嘴边。

众口铄金，积毁销骨。旁人的话自然会对徐志摩和陆小曼的恋情产生负面影响，给他们带来压力。但真正难以应付的还是双方的家人。五四虽开一代风气之先，各种新思想涌入中国，但纲常伦理还是盘踞在人们心中，而且就是以现在的道德观念去评判，恐怕二人的作为也难逃指责的眼光。

陆小曼父母当初从众多追求者中选择了王赓，双亲很器重这个女婿，一直视为陆家未来的希望，他们肯定反对徐志摩和陆小曼的恋爱，甚至痛恨徐志摩的行为。王赓作为直接的受害者，他对陆小曼是有感情的，当自己的妻子被别人抢走时，无论是从情感上，还是从道义上，或者从面子上，他都输不下这口气。王赓甚至有了与徐志摩决斗的想法，徐志摩和王赓同为梁门子弟，本为同学关系，却因为徐志摩自私的爱情演变为仇人。

　　徐志摩的父母也一直不同意儿子与陆小曼恋爱。走在北京的大街上，似乎所有的人都在看着徐志摩和陆小曼，都在背后议论和讥讽他们。亲戚朋友中，只有胡适坚定地站在支持的立场上，其他人都反对或者不发表意见。徐志摩在京城的生活空间似乎山雨欲来，黑压压的乌云和闷热的空气让他几乎窒息。在这种情况下，他只能远走他乡，离开是非之地，躲避残酷的现实。

　　1925 年 3 月，徐志摩经西伯利亚抵达欧陆，拜见很久不见的外国友人，祭扫著名作家的坟墓，算是在欧洲散心。他在德国柏林见到了前妻张幼仪，恰好儿子彼得离世不久，徐志摩陪着她游历了意大利的威尼斯等地，算是对她的安慰。而后，他在意大利南部的佛罗伦萨安顿下来，等待泰戈尔 8 月来访欧洲时见面。

　　但同时，徐志摩还得密切关注国内的情势，给他的小曼写信诉说衷肠，等待风声消停的时候回国，不想却等来了小曼生病的消息。陆小曼身体其实没什么大恙，她是太思念徐志摩了，以至于心里病入膏肓。在这期间，徐志摩收到胡适的来信，说王赓已经答应和陆小曼离婚了，他和陆小曼恋爱途中的最大障碍已打除，他可以安心回国了。7 月 13 日，徐志摩再次收到小曼生病的电报，他其实也一直在思念中煎熬过日，于是断然决定，不再等待泰戈尔，他的心早已朝着东方的小曼飞去。7 月底，徐志摩回到北京，见到了朝思暮想的恋人。

　　徐志摩欧游避开了质疑和冷眼，加深了他和陆小曼的感情。分开后的再聚显得更为珍贵，徐志摩和陆小曼已经是离不开彼此的热恋情人，他们要恋爱和结婚的想法势不可挡，尽管前路崎岖，但没有什么能够阻挡他们的脚步。

五

国内的风波只是稍稍平静，徐志摩和陆小曼要争取到他们的幸福，还有一段很长的路要走。

徐志摩离开中国的这段时间，刘海粟[1]曾经和陆小曼的母亲有过交流。刘告诉陆母说，徐志摩是一个很有才华的人，是一个很爱她女儿的人，是一个能够给小曼幸福的人。这番话打消了老人家顾及家族颜面的愁虑，他们对徐志摩不再反感。

但真正的阻力却在陆小曼丈夫王赓处。王赓此时担任孙传芳的五省联军总司令部参谋长，居住上海。为劝说王赓放手，陆小曼和母亲先期抵达上海，徐志摩第二天紧随而至。9月16日，他们计划私奔，但陆小曼没有践约，徐志摩连陆小曼的人影都没有找到，只得黯然北上。

10月1日，徐志摩开始编《晨报副刊》，但没想到10月5日陆小曼离婚后来北京找他，真是天大的意外和惊喜。一时间徐志摩以为进入了天堂，写下《再不想望高原的天国》："我心头平添了一块肉，／这辈子算有了归宿！／看白云在天际飞，／听雀儿在枝上啼。／忍不住感恩的热泪，／我喊一声天，我从此知足！／再不想望更高远的天国！"

看似困难重重的离婚事件，转眼就云开雾散，柳暗花明，徐志

1 刘海粟（1896—1994），名盘，字季芳，号海翁，中国现当代著名画家，祖籍安徽凤阳，生于江苏常州名盘。1912年与乌始光、张聿光等创办上海图画美术院，后改为上海美术专科学校，任校长。1949年后任南京艺术学院院长。鉴于他绘画的成就，英国剑桥国际传略中心授予"杰出成就奖"。意大利欧洲学院授予"欧洲棕榈金奖"。

摩欣喜若狂。但这其实也反映出当时社会的风雅，知识分子接受了新思想，在男女问题上自然不同于守旧分子，大都能成人之美，或者不愿意用婚姻来束缚爱情，更不愿意维持没有感情的婚姻。比如林徽因，她是梁思成的妻子，金岳霖一直钟爱着她，并在抗战时期跟随梁林夫妇迁到四川宜宾，且做了邻居，三番五次地去梁家串门。梁思成倒没有吃醋的感觉，林徽因也能宾礼相待。金岳霖一生未娶，末了还认林徽因的儿子作义子。

王赓与徐志摩都是梁启超的学生，都是新月社会员，都是京城有名的年轻人，他们是朋友，经常在一起聚会。作为一个接受了现代教育的知识分子，王赓知道夫妇之间情感的重要性，鉴于陆小曼与徐志摩的现状，他答应了与陆小曼离婚。后来，王赓与香港一位陈姓女士结了婚，并生下一儿一女。1942 年，王赓作为中国政府派往美国的军事代表团团员，在赴美途中心脏病复发，逝世于开罗，开罗盟军以军礼将之安葬于英军公墓。

徐志摩和陆小曼接下来要做的事情，就是说服徐志摩的父亲前来提亲，并尽早为他们举办婚礼。

六

在年轻人看来理所当然的事，在老年人看来却未必适宜。更何况在五四前后，年轻一辈与父母之间所受文化影响不同，对问题的看法差别更大。就陆小曼和徐志摩的婚姻而言，当相爱的两个人离婚单身之后，结婚就该是顺理成章的事情。可实际情况并非如此。

徐申如自始至终站在旧式婚姻的立场，对儿子和陆小曼的恋爱和结婚持谨慎态度。最初是不同意徐志摩和陆小曼结婚，等到胡适劝说几次后，才不再反对。而最重要的是，他一定要等远在欧洲的张幼仪回国，方能定夺徐志摩和陆小曼的婚事。徐志摩和张幼仪在柏林签署的离婚协议，在徐申如看来，没有任何意义和价值，即便刊登在报纸上，也不能说明儿子和张幼仪就离婚了。或许在他看来，这文明的离婚协议，还比不过旧时的一纸婚约，张幼仪仍然是徐家的媳妇，而且是大媳妇，儿子要再娶妻纳妾，理应得到她的应允。

1926年，张幼仪带着情感的风尘，带着对徐家的感激和留学的收获回到硖石。她知道，此时的徐家对她而言，不再是可以遮风挡雨的屋檐，早在几年前，她的心已经从这里离开了。张幼仪留学德国几年，思想进步很快，对人生的领悟和想法有很大变化。凡事强求无益，何不成人之美，自己内心反倒舒坦。她此番来硖石的言辞，满足了徐家和前夫的要求，没有让相见的场面难堪，留给彼此一份友好的念想。

有情人终成眷属，在徐志摩和陆小曼的坚持和努力下，阻碍他们婚姻的层层坚冰终于被二人真挚的相爱融化。万物复苏，四月天即将降临人间。

七

徐志摩和陆小曼的婚礼，一直成为人们谈论的话题，主要是因为婚礼上梁启超的主持语太过严厉，与结婚现场的喜庆场面形成反差。更为重要的是，梁启超的话对所有刚步入婚姻生活的年轻人而言，不失为受益终身的箴言。

1926年8月14日，农历七月七日，是中国民间传说里牛郎织女相会的时间，徐志摩和陆小曼在北京北海公园举行订婚仪式，有一百多人分享了他们的喜悦。同年 10 月 3 日，农历八月二十七日，恰好是中国文化圣人孔子的诞生日，陆小曼和徐志摩在北海公园举行了结婚仪式。按照有些说法，因为徐志摩和父亲就陆小曼的事情闹得不愉快，徐申如决定他们的婚礼费用自筹，并且不会来北京参加婚礼。也有种说法是，婚礼前，父亲主动问徐志摩是否需要邮寄费用，并致谢说母亲需要照顾，不能前往北京，其中的歉意也很明显。

参加他们婚礼的有两百多人，哲学家金岳霖是伴郎，想来他与徐志摩的婚恋有说不清的渊源。徐志摩当年在柏林与张幼仪离婚的时候，他是证人；如今徐志摩与陆小曼结婚的时候，他是伴郎；更为离奇的是，徐志摩一生苦苦追求的林徽因，也是他一生等待的女性。不过，这也表明徐志摩和金岳霖是很有缘分的朋友。

婚礼原本由胡适主持，但胡适要准备出国事宜，所以后来是梁启超主持。开始的环节井井有条、波澜不惊。但随后，他朝着这对新人厉色道："徐志摩！陆小曼！你们懂得爱情吗？你们真懂得爱情，我要等着你们继续不断的，把它体现出来。你们今日在此地，还请着许多亲友来，这番举动，到底有什么意义呢？这时我告诉你们对于爱情，负有极严重的责任，你们至少对于我证婚人梁启超，负有极严重的责任，对于满堂观礼的亲友们，负有更严重的责任。你们请永远的郑重的记着吧！徐志摩！陆小曼！你们听明白我这一番话没有？你们愿意领受我这一番话吗？你们能够时时刻刻记得起我这一番话吗？那么，很好！我替你们祝福！我盼望你们今生今世勿忘今日，我盼望你们从今以后的快乐和幸福常如今日。"

从最初对徐志摩与张幼仪离婚的看法，到今天对徐志摩与陆小曼结婚的证词，我们可以看出梁启超洞察世事的能力。出于对爱徒徐志摩个性的了解、对陆小曼生活方式的耳闻，他料定他们此后的婚姻生活定会出现很多波折，甚至有再度离婚的可能，所以说下此番话，要所有出席婚礼的友人去保护和监督他们。从后来徐志摩和陆小曼的实际生活来看，徐志摩被逼到了绝路，但仍然没有提出和陆小曼离婚，恐怕梁启超的婚礼证词起到了不小的维系作用。

无论如何，婚礼到底是顺利地结束了。接下来，徐志摩要携带心爱的妻子南下，开始新生活。对于新婚燕尔来讲，他们对未来充满了期待。

八

结婚一个礼拜后，徐志摩和陆小曼结伴南行。1926 年 10 月 12 日抵达上海，待到硖石老家的房子修缮后，陆小曼于 1926 年 11 月 16 日方才回到徐家。

根据徐志摩写给朋友书信中的内容推断，他们在硖石老家举办了传统的婚礼，热闹的场面并不亚于北京。硖石的冬天比较寒冷，南方没有安装暖气，所以冻得陆小曼寝食难安。想来陆小曼是大户人家的闺女，不仅衣食无忧，而且各种条件都十分优越，过不惯硖石乡下的朴素生活。

陆小曼在硖石短暂居住这段时间，成为她一生中最"艰苦"的日子。除得到徐志摩全心全意的爱护外，没有繁华的街市，没有热闹的剧场，没有艳丽的舞会，没有华贵的店铺，有的只是江南小城的那份安宁和寂静。这样的生活并不符合陆小曼的本性，看来她在硖石待的时间不会很长。

陆小曼的小姐作风让徐家人心生不快。她每顿饭吃得很少，把吃不完的倒给徐志摩，这还不足以让徐志摩的父母生气，更让人难以接受的是，陆小曼吃完饭后，自己懒得步行上楼，要徐志摩抱着她上去，这让徐申如夫妇不能理解。而且，陆小曼有时候睡得很晚，早上赖床不起，早饭都没有时间吃，这些行为确实不讨徐家的喜欢。

陆小曼虽然不习惯硖石的生活，但先行离开的却是徐申如夫妇。他们难以忍受陆小曼娇气的生活方式，天天和她生活在一起，感到十分难受，所以干脆走为上策。但离开硖石后，他们去哪里呢？思来想去，觉得远在北京的张幼仪是唯一的去处。张幼仪识得大体，怕给陆小曼带来负面影响，就在自己的寓所旁租了住房，安顿这对老夫妇住下。

1926 年 12 月末，军阀间的混战影响到江南百姓的生活，徐志摩只得和陆小曼逃离硖石，避居上海。

九

陆小曼为大上海的繁华喧嚣而生，也为大上海的繁华喧嚣而死。她到上海之后，全然没有逃难的感觉，很快就踩稳了都市生活的节拍。

陆小曼在上海过上了奢侈糜烂的生活，唱戏捧角，吸食大麻，赶赴各种约会，享用各种高档产品，全然不顾徐志摩的感受。这当然是从我们的角度来讲，对她自身而言，此乃正常的生活状态。曾几何时，她是北京高层社交圈的名媛，过着高档次的生活，享着众人的夸赞，就是和王赓结婚后，也三天两天地出席各种聚会。与徐志摩结婚后，陆小曼的生活习惯怎么会改变呢，她向来就是这样生活的，这已经成为她生活的习惯。

陆小曼在上海的生活与徐志摩格格不入，这也拉响了他们婚姻的警报。1926 年 12 月 27 日，徐志摩在结婚两个多月后的一则日记中说："我想在冬至节独自到一个偏僻的教堂里去听几折圣诞的和歌，但我却穿上了臃肿的袍服上舞台去串演不自在的'腐'戏。我想在霜浓月淡的冬夜独自写几行从性灵暖处来的诗句，但我却跟着人们到涂蜡的跳舞厅去艳羡仕女们发金光的鞋袜。"[1] 可见，徐志摩和陆小曼的生活已经产生了很大的分歧。

陆小曼和徐志摩婚后的生活完全没有交集。她白天睡到下午起床，梳妆打扮好后，就消失在大上海的灯红酒绿中，直到深夜才回家。她在上海租住高级豪宅，要支付轿车的费用，司机的工资，父母的赡养费和保姆的工资，一般的家庭难以承受如此巨大的开销。更让徐志摩感到不可思议的是，陆小曼后来吸食鸦片，染上了烟瘾，而且和纨绔子弟翁瑞午厮混在一起。陆小曼常和翁瑞午在家里吸食鸦片，徐志摩早上起床准备去工作的时候，他们才沉沉地睡去，志摩在家里反而成了多余的人。

外面谣言纷起，说陆小曼和翁瑞午之间关系暧昧，但徐志摩十分容忍，在外人面前极力维护他和陆小曼的关系。是的，当初顶住各种压力争取来的婚姻，怎么可以轻易舍弃呢？而且，恩师婚礼上的证词还在耳边，有那么多亲戚朋友在关注着这段婚姻，他怎么能让众人失望呢？因此，徐志摩一方面辛苦工作，挣钱满足陆小曼的物质需求，一方面尽力培养和陆小曼的共同兴趣，只为着一个单纯而美好的愿望——保全婚姻。

上海时期的徐志摩过着艰苦的生活，他同时在南京、上海等地上课挣钱，开办书社，为的是满足陆小曼的生活需要。而他自己却过得十分拮据，好友韩湘眉在《志摩最后的一夜》中说："那是你

张幼仪：徐志摩眼中的「乡下土包子」

1　徐志摩：《志摩日记》，陆小曼编，上海：晨光出版公司，1947年，第138页。

因屋里热已将长袍脱去，这时再使我们注意的，是你穿的西装裤子。你虽然平时蓝的发绿的裤子也穿过，这半截的西装，在你身上却是绝无仅有的。这裤子你穿着又短又小，腰间尚破着一个窟窿"。[1]

徐志摩一度努力规劝并用行动引导陆小曼，希望她与他成为志同道合的恋人。比如他和陆小曼一起编了戏剧《卞昆冈》，读者对这部戏剧评价很好，徐志摩希望以此来激励陆小曼从事文学创作；陆小曼擅长丹青，徐志摩将她画出来的画拿到北京去装裱并找名家题词，以此来促进她对绘画的兴趣。但这些努力都失败了，陆小曼还是沉溺于不能自拔的花花世界里。不仅如此，陆小曼还随意处理徐志摩的文章，诗人 1928 年出国环游时，写了几十多封情感真挚的信给她，她却随意处置，最后所剩无几。

好的恋情，难得的婚姻，被大上海无情地吞噬。绝代风华的徐志摩和绝代佳人陆小曼，最终无法阻止婚姻溃败的颓势。

十

徐志摩是中国现代文学史上著名的诗人，其诗作为他赢得了不小的声誉。而他的行为和处事方式也充满了诗人的情绪，由此，注定了他婚姻的失败和结局的悲凉。

徐志摩一直琢磨不透的是，他和陆小曼当初那么热烈地相爱，她什么困难都可以克服，什么话都愿意聆听，为何结婚以后，反而无法沟通情感。这当然得归咎于两人的个性，徐志摩天性率真，骨

1　转引自：《志摩最后的一夜》，《徐志摩全集》（第一辑），台北：传记文学出版社，1969 年，第 400 页

子里涌动着浪漫主义的意气，遇事往好处想，从不考虑别人的感受和可能遇到的麻烦。而一旦遇到困难，便手足无措，失去方寸。陆小曼是个倔强的人，她认定的东西必然会竭力得到，离开王赓投奔徐志摩怀抱便是一例，生活中我行我素，哪里受得了徐志摩的管束，徐志摩又哪能管束得住她。于是，他们之间的鸿沟不仅无法愈合，反而越拉越大。

徐志摩在这段婚姻中迷失了方向，他不知道怎么经营家庭，不知道怎样去谈恋爱。在百般纠结中，他写下了《我不知道风是在哪一个方向吹》这首诗，最后一节是："我不知道风／是在哪一个方向吹——／我是在梦中，／黯淡是梦里的光辉。"

到后来，这段婚姻简直让徐志摩感到窒息。他穷困潦倒，于1928年在憋闷中再次出游海外。当然，他出游的另一个原因是变卖翁瑞午和陆家的古董，以弥补陆小曼巨额花销留下的黑洞。徐志摩在《生活》中对他潦倒的生活作了这样的刻画："在妖魔的脏腑内挣扎，／头顶不见一线的天光／这魂魄，在恐怖的压迫下，／除了消灭更有什么愿望？"

爱情没有赢家，对徐志摩和陆小曼而言，他们都是这场婚姻的牺牲品，谁也没有得到各自想要的幸福。陆小曼婚后，徐家一直没有正眼看她。徐志摩母亲去世，陆小曼作为有名份的儿媳妇赶去硖石奔丧，却被徐申如拒绝在门外。徐志摩去世后，陆小曼作为妻子，却难以按照自己的要求操办丈夫的丧事。如此种种，站在陆小曼的角度，无论如何都无法理解徐家的做法。

秋风乍起时，北京的枯叶落了一地，南方的上海依旧闪烁着耀眼的霓虹。劳燕分飞，徐志摩在胡适的劝说下决定北上，陆小曼在徐志摩的劝说下却依然决定留在南方。

张幼仪：徐志摩眼中的「乡下土包子」

十一

徐志摩在北京，总是挂念着上海的陆小曼。无论如何，他放心不下陆小曼。

1931 年 11 月，徐志摩南下探望陆小曼，会见了很多朋友，还回了一趟硖石老家。因为要赶回北京，参加林徽因的讲座会，不得不于 11 月 19 日乘坐邮政便机，在济南城南外的西大山，飞机撞到山头坠毁。

得知噩耗，陆小曼难以相信。她也许有过后悔的时候，但人生行进在单行道上，我们无法侧身，更无法转身，于是自古伤心事就化为一缕遗憾，虽于事无补，但却可以安慰心理。

陆小曼给徐志摩的悼词是："多少前尘成噩梦，五载哀欢，匆匆永决，天道复奚论，欲死未能因母老；万千别恨向谁言，一身愁病，渺渺离魂，人间应不久，遗文编就答君心。"其间暗藏的愁苦酸涩，有谁能体会？其间暗涌的情感波澜，有谁能窥见？

为编辑《徐志摩全集》，陆小曼耗费了不少心血，最后也编选就绪。可惜她未能等到全集问世，于 1965 年黯然离世，享年六十二岁。

第六节　徐家媳妇

1926 年，张幼仪绕道西伯利亚，乘坐火车回到上海。失去徐志摩的张幼仪，在欧洲几经生活和情感的磨难，已经出落成可以独当一面的新女性。火车驶出西伯利亚的刹那，张幼仪似乎看到一片广阔的天地正在向她徐徐展开。

一

回家的路程对她来说并不轻松，当年出国是为了陪同徐志摩，而归来时却只她一人。原本可以有彼得陪着回家，但上苍过早夺去了他的生命。欧游几年，注定了张幼仪孤单的结局。

张幼仪先回家看望父母。五年的时间，双亲的满头青丝已经灰白，不变的只是疼爱子女的柔肠。张幼仪踏进家门的瞬间，没有控制住自己的情绪，她泪如雨下，多少个日夜的期盼，终于见到了父母，终于可以放纵地痛哭一场，将憋闷在心中的离婚和失子之殇发泄出来。但她很快镇静下来，父母老了，自己已是留过洋的人，她要宽慰父母的心，让二老不再为她担心。

由于徐志摩的催促，在家小住几日后，张幼仪被徐家请到了硖石。

再次跨进徐家大门，张幼仪已不是这里的主人。张幼仪很有礼貌地给徐申如夫妇鞠躬致谢，感谢他们资助自己在海外学习。然后给坐在一旁的徐志摩点头问候。接下来，便是徐申如问张幼仪是否同意徐志摩和陆小曼结婚。她毫不犹豫地表示同意，丝毫没有埋怨和怪罪徐志摩，也没有在昔日的公公和婆婆面前讨说法，她早已认定命运的安排，没有必要再去责难周围的人。

原本以为阻力重重、争吵不休的谈话，在张幼仪的大度又或是冷漠中"圆满"结束。张幼仪在徐家居住的日子，没有再进过她和徐志摩曾经的房间。当爱已成往事，只有坦然面对现实，张幼仪陪儿子阿欢在硖石玩了几天。想当初，她离家远赴欧洲之前，是儿子陪同自己在这里度过了孤独但充满思念的岁月。而今，那个思念的人却离开了自己，她的心里翻滚着复杂的滋味。

张幼仪曾想过待在硖石，以自己所学的教育方法，造福一方，培养当地小孩儿。但她看到地方上生活方式落后，不利于儿子成长，便毅然决定离开，而且要带走儿子徐积锴。徐申如夫妇自然不同意，徐志摩成天云游四方，不常在家里，孙子是他们感情的寄托。但张幼仪的话有理，而且孩子总不能离开母亲，他们还是同意她带着阿欢北上。

徐申如每个月资助张幼仪三百大洋，用作她和孙子的日常开销。1926年12月，徐志摩和陆小曼婚后不久，徐申如夫妇到了北京，住进了张幼仪的家中，让徐志摩大失颜面。此事反映出徐申如对陆小曼有成见，也反映出张幼仪在徐家的地位，她始终是徐申如眼中的儿媳妇。

二

生活是最好的老师，张幼仪的成长离不开悲伤的经历。也正是如此，她在谈起与徐志摩的婚变时，说要感谢他，没有离婚，就不会有后来的张幼仪。

也许有人认为没有徐志摩，张幼仪不会成为我们谈论的对象。实际情况是，徐志摩增加了张幼仪的点击率，但没有徐志摩，张幼仪依然是那个时代出色得足以被谈论的女性。

1927年，张幼仪南下上海，为母亲奔丧。后留沪生活，任东吴大学德文老师。同年，张幼仪的八弟和徐志摩等人在上海成立了云裳公司，专为妇女订做漂亮衣服，但公司得有人负责经营，张幼仪成为最合适的人选。张担任总经理，每天负责接受和处理订单事务。据说，云裳公司在张幼仪的打理下，成为上海有产阶层女性的首选服装店，其设计的服饰打破了传统的限制，开风气之先，引领了上海滩女性的服装潮流。

上海女子商业储蓄银行成立于 1924 年 5 月 14 日，由于四哥张公权是上海金融界的头面人物，因此有人来找当时在东吴大学教授德文的张幼仪加入银行工作。张幼仪对银行工作有兴趣，1936 年 12 月 6 日，女子商业储蓄银行董事会改组时，张幼仪当选为董事，成为其中深受客户欢迎和信赖的工作人员。

1946 年，民社党成立民主社会党中央执行委员，推举张幼仪负责民社党的财政，她将工作开展得井井有条，该党的财务从未出现过差错。

可以说，张幼仪在 20 世纪 30 年代的大上海，凭着个人的能力和家庭关系，成为金融界、商业界和政界颇具影响力的女性。

三

想来张幼仪这一生与徐家的缘分还没有到尽头。与徐志摩婚姻虽短，但因为儿子的降生使她在徐申如心中的地位不可动摇，不管徐家遇到任何大事，徐申如都会让她拿定主意，都会让她亲自主持操办。这是对张幼仪能力的信任，也是对她感情上的信任。除徐志摩外，世人皆知张幼仪是徐家的媳妇。

徐志摩母亲病重，徐申如打电话给张幼仪，要她回硖石。张幼仪觉得自己的身份很特别，徐志摩和陆小曼已经结婚，陆才是徐家的媳妇，她在此时回硖石，不合礼仪。于是她把阿欢送了回去，毕竟他是徐家的第三代传人。但徐申如坚持打电话，要张幼仪回去照顾病重的婆婆，并且徐志摩也来电请求。她念及徐家的恩情，念及当年婆婆对她的好处，还是在她去世前两周回去尽了孝道。

1931年4月23日，徐母在家乡病逝。张幼仪几年前经历了生母的丧事，所以此次给徐志摩母亲办理后事，从容不迫，有条有理，显示了干练的作风，也显示了一个儿媳妇应该具备的能力。

徐母去世，导致徐志摩和父亲之间的隔阂加重。争端是由陆小曼的"待遇"而起，原本张幼仪所做一切，均应由陆小曼来承担，她才是徐家明媒正娶的媳妇。可现实很刻薄，陆小曼不仅没有尽守职责，连徐家的门也不让踏进。人们每每论及此事，都认为陆小曼是可怜一方，同时将指责的矛头对准了徐申如，认为他有违常理。

我们也可以这样假设，倘若徐母生病之时，请陆小曼回硖石照顾她，陆小曼会回去吗？陆小曼回去后，能照顾好徐母吗？倘若徐母去世后，请陆小曼回家料理后事，她能料理好吗？徐申如的决定是有悖常理，但也并非完全没有深思熟虑，大事面前，张幼仪和陆小曼，只能选择一人。现实生活中的陆小曼，不仅不会照顾人，还需要别人照顾。徐母去世了，如果二人均在场的话，张幼仪绝对不会承担重任，而陆小曼也绝对没有能力承担重任。所以，徐志摩父亲的决定虽然伤害了陆小曼，但却保证了重大的家庭事件平稳完成。

世事难料，但世事又在冥冥中注定了结局。也许是对徐志摩和陆小曼的婚姻结局有所预料，徐申如后来一直把张幼仪视为依靠，很少亲近徐志摩和陆小曼。1944年，徐申如去世后，张幼仪操办了后事，并且在1946年将骨灰送回硖石老家，葬在徐志摩墓的旁边，尽到了一个儿媳妇或者义女的责任，徐申如也算是老有所依，终有所靠。

四

徐志摩一生爱过的女性很多，张幼仪不是他的最爱；但在徐志摩的一生中，张幼仪也许是最爱他的。

徐志摩与陆小曼婚后的生活从浪漫转向了平淡，从平淡转向了枯燥。因为现实生活的压力，因为自己钟爱的文学事业，徐志摩不得不在上海和北京之间来回奔跑。1931 年 11 月 18 日，张幼仪在云裳服装店见到了徐志摩，他说要做几件衬衫，然后和张禹九闲聊了一阵就离开了。张幼仪看出徐志摩过得并不如意，甚至过得有些邋遢，昔日英俊潇洒的风姿被几许无奈和劳累取代。不想这竟是徐志摩和张幼仪的最后一次见面。

19 日凌晨，张幼仪被急促的敲门声惊醒，一问才知道是有人送加急电报来了。张幼仪不敢相信徐志摩飞机遇难的电报内容，但旁边的人不断问她应该怎么办？张幼仪已不是徐志摩的夫人，为何不将电报送给陆小曼呢？原来，送电报的人先将此电报送给陆小曼，陆以不相信徐志摩去世为由，拒绝前去认领他的尸体，情急之下，只有把电报送到张幼仪这里来了。

张幼仪遇事冷静，她首先认为儿子阿欢应该出现在认领徐志摩尸体的现场，但儿子才十三岁，不能独自出行。于是，她马上打电话给八弟张禹九，让他带着儿子一起去济南飞机出事地。然后，张幼仪想办法让徐申如知道此事，但又不能太急，得让老人心里有缓冲的余地。她开始告诉徐父，说徐志摩飞机出事，现在医院抢救；

后才将事情的经过告诉了老人。

上海举行徐志摩追悼会的时候，张幼仪没有打算出席，但后来有朋友要求她一定去一趟。在现场，张幼仪见到了躺在鲜花丛中的徐志摩，他离开了世界，离开了缠绕着他的苦恼，但却遗留下了很多后事，交由张幼仪这个曾经被他遗弃了的女人去料理。

五

随着 1944 年徐申如的离世，张幼仪总算结清了与徐家的恩怨，也总算还清了上辈子欠徐家的情债，与儿子徐积锴相依为命。

1949 年大陆解放，张幼仪随着几个哥哥一道移居香港，之前，儿子已经定居美国。1954 年，与徐志摩离婚三十二年之后，张幼仪终于鼓起勇气，重新找到了自己的幸福，她与医生苏记之在日本东京最繁华的银座区举行了盛大的婚礼。

1967 年，张幼仪与丈夫苏记之重游欧洲，他们去了徐志摩无限痴迷的剑桥，去了当年居住的沙士顿，去了她生活多年的柏林。剑桥的风光依旧，沙士顿的景色依然迷人。往事涌上心头，张幼仪有了时空错位的感觉。她重新体会到被徐志摩遗弃的无奈和伤心，沙士顿葱绿的情被难以掩盖她内心的感叹，虽然她已经历过无数生活的风雨。但故人早已含笑九泉，活着的人也早已心有所属。

生活静好，她知足了。

1974 年，张幼仪迁居纽约。1988 年，在美国病逝，享年八十八岁。

江冬秀：镇住胡适的"河东吼狮"

　　胡适与江冬秀的旧式婚姻，从少年到白头，在起伏不定的人生中历经百转千回，最终相依为命四十五载。他们的婚姻曾一度被塑为楷模，因为在很多新文人与旧婚姻纷纷告别的现代，胡适与江冬秀始终相依相伴。然而，胡适是留洋的博士，江冬秀为乡下小脚姑娘，仅上过三年私塾，他们之间的巨大差异又不免让人产生种种猜疑。诸如胡适与江冬秀之间是否存在真爱，二人的心灵距离究竟有多大，胡适在江冬秀之外又有过哪些不为人知的恋情，等等。

　　沧海横流，我们连个人小小的幸福都难以主宰，更别提呈现英雄的本色。隔着时间的距离，我们方可客观地重新回望民国时期文人的旧式姻缘，不得不肯定胡适与江冬秀不离不弃的婚姻，不管二人曾经历过多少风雨，他们的确是那个时代"西服"与"小脚"结合的典范。

第一节　不断变更的婚期

　　与所有的旧式婚姻一样，江冬秀与胡适的婚姻也是经"父母之命，媒妁之言"促成的。按照当地的旧习俗，江冬秀本可早早地坐上花轿，成为胡家的儿媳妇；但因为胡适去上海求学耽误了婚期，后又考取公费出国留学，致使二人的婚礼一再被延期。

胡适在美国的生活无疑是成功的，也奠定了他日后在文化界和政治界的地位。但回到他与江冬秀的婚姻上，我们不得不对后者深表同情。因为从 1904 年订婚之后，江冬秀就开始等待胡家迎亲的花轿，可她"望断天涯路"，迟迟没有盼到胡适成亲的消息。眼下，胡适又去了遥远的美国，与她更是相隔十万八千里。春去春又回，真不知何时才是胡适回乡娶亲的日子。

一

江冬秀，1890 年生于安徽旌德县的江村，与胡适年少时生活的绩溪上庄仅二十公里之遥。

江冬秀的母亲吕贤英可谓是名门之后，其爷爷吕朝瑞曾中进士一甲第三名，也就是所谓的探花，父亲吕佩芳也中过进士、点过翰林。江冬秀虽受封建观念影响，仅上过几年私塾，但也可算是出身书香门第。

江冬秀的父亲江世贤去世较早，但江家却没有衰败，仍是旌德县的旺族。江冬秀与胡适的婚事，说来颇有几分偶然和蹊跷。据说是江母在访亲的时候，看上了未来的女婿，觉得他长得聪明伶俐，而且斯文谨礼，马上有了将女儿许配给他的想法，于是特遣人到胡家提亲。这在当时是十分罕见的，因为一般都是男方向女方求婚，或者让媒人代为物色，绝无女方主动"送上门"的事情发生。更何况，江家作为大户人家，怎么可能主动让自己的女儿"下嫁"胡家呢？

胡家在当时顶多算中等家庭，世代务农，偶尔经商。直到胡适的父亲胡传一代，才中过秀才，做过几任地方小官，勉强可以称得上是读书人家。但与江家相比，差距太过悬殊；加上胡父中年去世之后，胡家更是朝不保夕，更无法与江家相提并论。

但胡母冯顺娣并非趋炎附势之人，她知道婚姻关系到儿子终身的幸福。按照乡下人的规矩，她得先去找算命先生测试一下两人的八字，看是否相生；如果二人的八字相克的话，江家条件再好，也不能答应这门亲事。

说起来江冬秀和胡适还算是有点儿缘分。本来按照他们的生肖，江冬秀属虎，胡适属兔，是相克的；江冬秀又比胡适大一岁，这门亲事眼看就没有指望了。但是算命先生却给出了相反的答案，说二人的八字并不犯冲，才让胡母提着的心稍稍放松下来，并且认定了江冬秀就是自己未来的媳妇。

清末时期，虽然风气逐渐开化，但在安徽农村，人们还是旧脑筋。男大当婚，女大当嫁，十二三岁正是订婚的年龄，于是江冬秀和胡适在旧生活秩序的安排下，未曾见过一面，即由双方母亲定下了婚姻大事。

1904年春天，江冬秀与胡适正式订婚，其富于传奇的人生和婚姻也由此拉开了序幕。

二

订婚之后，胡适便离开家乡，离开自己的未婚妻，到大都市上海去求学，增长见识和谋生的本领。

胡适初到上海，感受到家乡绩溪文化与上海之间的差异，让他有些不适应。依靠父亲好朋友的关系，胡适到梅溪学堂就读。这是一所新式学堂，他在此接触到了英语、数学、生物、化学以及物理等课程。同时，还在这里获得了日后享誉全球的名字"胡适"。

胡适在《四十自述》中曾说："我在学堂里的名字是胡洪骍。有一天的早上，我请我二哥代我想一个表字。二哥一面洗脸，一面说，就用'物竞天择，适者生存'的'适'字，好不好？我很高兴，就用'适之'二字。（二哥字绍之，三哥字振之。）后来我发表文字，偶然用'胡适'作笔名，直到考试留美官费时（一九一〇）我才正式用'胡适'的名字。"[1]

1906 年，胡适考入上海新成立的中国公学，其写作的才华逐渐得到展现。在此期间，胡适偶尔也会关注个人问题，有时写信回家让江家敦促女儿多读书，好让他们的交流多一些话题。胡适的想法意在促进自己和江冬秀的关系，但江家却看出胡适在嫌弃女儿没有文化，担心胡家会悔婚。同时，胡适的母亲也害怕随着时间的推移、儿子学识的增长，他会辞掉与江冬秀的婚约，做出失信于人的事情来。因此，两家父母都希望胡适早日回家完婚。

1907 年，胡适因为水土不服生病，被迫返回家乡绩溪。在家疗养期间，母亲询问他与江冬秀结婚的意见，胡适害怕母亲失望，但又不想这么早成家，于是搪塞母亲说一两年后就结婚。此言既出，两家就开始筹备他们的婚礼，江冬秀家其至连嫁妆都准备妥当了，只等算命先生择取吉日，让女儿与胡适完婚。

但令双方父母没有想到的是，胡适居然再次推迟了婚期，让有心做新娘的江冬秀陷入了又一轮漫无边际的等待中。

无处安放的婚恋 胡适与他父之间的情缘之书

1　胡适：《四十自述》（1），台北：远流出版事业股份有限公司，1990 年，第 54 页。

三

1908 年开始，胡适虽然滞留上海不愿回家结婚，但他的日子过得也并不如意。江冬秀要与他结婚，似乎越来越不现实。

在上海公学读了两年之后，胡适因为参加反对公学的学潮，被迫退学到草率中成立的中国新公学就读。但一年之后，新公学因经济困难，不得不接受老公学的兼并，但胡适却不愿再回自己曾反对过的学校念书，于是成了一位飘荡在上海的闲人。

这一时期，胡适家中也发生了一些变化。胡家在上海的店铺转让给别人抵债，几个同父异母的哥哥因为结婚后分了家，只剩下他和母亲相依为命。从此以后，母亲冯顺娣就得由胡适负责抚养了。但面对家中一再催促回去结婚的现实，胡适反而推迟了归期，日子再苦，他也宁愿留在上海。

胡适走出公学，不再是追求新知的学生，便混迹于上海的十里洋场。作为年轻人，思想不成熟，他成天无所事事，游手好闲。终于与一帮酒肉朋友混在一起，白天打牌，晚上喝酒。到后来，他甚至是日夜狂欢，捧戏子，逛妓院，花天酒地，过上了吃喝嫖赌的浪荡生活。终因在逛妓院的归途中，酗酒闹事，殴打警察，被警方抓进了监狱，罚款后才算了事。

要是江家知道胡适后期在上海的所作所为，他们也许会主动提出悔婚；要是江冬秀知道自己的未婚夫如此鬼混，依照她凶悍的个性，也不绝会轻饶他。

浪子回头金不换，好在胡适在亲人和朋友的劝说下，逐渐脱离了放浪形骸的生活，开始回归生活的正途。

四

1910年6月，胡适北上北京，考取了第二批留美官费生。迎来了人生的又一次转变，再次无情地将江冬秀留在闺中。

江冬秀在家等着胡适回来迎娶，胡适也确实在给母亲的信中说过，他若被录取为留美公费生，一定回家省亲。但胡适7月份参加考试，等到结果公布，已近8月。同时，政府规定赴美留学的出发时间是1910年8月16日。因此，留给胡适准备的时间只有半个月，他要回安徽绩溪老家的想法，看来是不现实的。

胡适得到考试结果之后，便马不停蹄地赶回上海，还剩下几天的准备时间了，整理行李和购买路上所需的物品占据了大部分时间。等到登船的那一天，他似乎仍然没有收拾好行囊，哪还有时间回乡下老家呢？

8月的上海，夏天的身影还没有消失，秋天的脚步也没到来，仍然给人闷热的感觉。胡适登上了驶往大洋彼岸的轮船。望着岸上送行的人群，不知道在汽笛鸣响的刹那，船起锚离开的时候，胡适心中是否想到过自己的未婚妻江冬秀呢？

想着去美国后的未知生活，胡适心里也涌上了几丝酸涩，但更多的是充满了对新大陆生活的渴望。

五

胡适到达美国后，比较了中西方的婚姻制度，反而更为坦然地接受了他与江冬秀的婚约。

想当初，江冬秀与胡适订婚后，二人尚在家乡，也许是由于年幼之故，即便隔着几座山头的距离，他们的情感交流还是几近空白。胡适到上海求学期间，也曾回家待了数月，但目前的文字记载中没有关于江冬秀和他交往的描述。因此，在胡适出国之前，江冬秀与他的交流十分有限。

按理说，胡适出国之后，接受了西方的婚恋思想，他应该对旧式婚姻产生更大的抵触情绪。但恰恰相反，他在比较中西方的婚恋之后，认为"西方婚姻之爱情是自造的（self-made），中国婚姻之爱情是名分所造的（duty-made）。订婚之后，女子对未婚夫自有特殊柔情。"相应地，胡适认为男子对其未婚妻也同样持有"特殊柔情"。

因此，胡适内心对中国的婚恋制度似乎并不排斥，反而怀着美好的期待："基于想象，根于名分者，今为实际之需要，亦往往能长成为真实之爱情。"[1] 婚姻中的名分观念在胡适的心中占有突出地位，联系到自身的婚姻，他自然会担负起对未婚妻江冬秀的"特殊柔情"。

所以，胡适虽然接受了欧风美雨的浸润，但他能够平和地对待自己与江冬秀的婚姻，至少在心中是默然接受了此桩婚事。

六

距离产生美，江冬秀与胡适的情感交流始于后者到达美国之后。在相互通信中，二人的情感得以逐渐升华。

1　胡适：（《中国婚制》，《胡适文集·书信日记》，北京：燕山出版社，1995年，第34页。

江冬秀与胡母冯顺娣的关系，影响着胡适对她的看法。如前所述，胡适在美国开始比较冷静地看待与江冬秀的婚姻关系，加上江冬秀经常到上庄去看望胡母、帮助处理家中事务，导致胡适对未婚妻逐渐有了好感。胡适出国之初，给家里写过好几封信，均没有提及江冬秀以及二人的婚事，但收到母亲来信，告知江冬秀平日对胡家的照顾之后，胡适方才于1911年5月20日给江冬秀写了第一封信。

我们可以从胡适给江冬秀的信中，解读出如下几个方面的内容。

第一，胡适表达了对江冬秀的感谢之情，这也是他给她写信的动因。"此吾第一次寄姊书也。屡得吾母书，俱言姊时来吾家，为吾母分任家事。闻之深感令堂及姊之盛意，出门游子可以无内顾之忧矣。"胡适远在异国他乡求学，最放心不下的便是家中孤独的老母亲。如今，有江冬秀时时陪在身边，他便没有内顾之忧了，可以安心在外学习。江冬秀之举，解决了胡适的心头大患，他又怎能不感谢江冬秀呢，又怎能不对她产生思念之情呢？

第二，胡适关心江冬秀的母亲，希望自己能够融入江家，同时也算是对江冬秀照顾家母的回敬。"吾于十四岁时曾见令堂一次，且同居数日，彼时似甚康健。今闻时时抱恙，延人闻之，殊以为念。近想已健旺如旧矣。"胡适所提及与江母的见面，就是奠定他们今后婚事的那次巧遇。正是通过那次相见，江母看上了长相清秀、气宇轩昂的胡适，才决计要同胡家联姻。胡适在此旧事重提，不但是要问候江母，而且还似要温习他与江冬秀的情感历程。

第三，胡适希望江冬秀能尽力学习，缩小彼此之间的差距，目的是希望他们的婚姻更加完满。"前曾于吾母处得见姊所作字，字迹亦娟好可喜。惟似不甚能达意，想是不多读书之过。姊现尚有工夫读书否？甚愿有工夫时能温习旧日所读之书。如来吾家时，可取聪侄所读之书温习一二。如有不能明白之处，即令侄辈为一讲解。虽不能有大益，然终胜于不读书，坐令荒疏也，姊以为如何？"江冬秀作为乡下姑娘，自然是没有读书写字的习惯，胡适在此对她提出要求，知道效果一定甚微。所以，胡适只是要求她尽力为之，学与不学实在没有多大关系，末句征求江冬秀意见的话已表露他的这种想法。

需要注意的是，胡适给江冬秀的第一封信中，他对她的称呼是"冬秀贤姊"。此称呼显得客套而尊重，缺少了熟识与私情。

七

鸿雁传书，江冬秀收到胡适亲自给她写的信，内心深处的激动无法言喻。但又苦于自己学识浅薄，无法给远方的情郎回信，表达心中的喜悦与思念之情。

胡适寄出了给江冬秀的第一封信，便在家书中表达了希望收到她回音的愿望。胡适认为，江冬秀的来信可以"借此销我客怀"，抚慰他在异国他乡的愁绪和思念。另一方面，可以借催促写信之机，"令冬秀知读书识字之要"，抓紧时间提高自己的文化知识。

但胡适没有盼来江冬秀的情书。他猜想，要么是江冬秀还没有能力给她写信，要么是由于受旧礼的束缚，不便于给他写信。于是他又在家书中说，哪怕江冬秀给他写的信很短，"数行亦可，数字亦可，虽不能佳，亦复和妨。以今日新礼俗论之，冬秀作书寄我，亦不为越礼，何必避嫌也。"

1913年1月14日，胡适终于盼来了江冬秀给他写的第一封信。

第一，江冬秀在信中表达了为何迟迟不复的原因，就是自己上过私塾两三年，对写信无能为力："缘妹幼年随同胞兄入塾读书，不过二三年，程度低微，悄识几字，实不能作书信，以是因循至今，未克修函奉复，稽延之咎，乞为原宥。"江冬秀因为没有及时回复胡适的来信，故在此表达了对胡适的歉疚之情。

第二，江冬秀为胡适学业上的成就表示高兴，大有与"夫"同甘共苦的心思。"唯念吾哥自前年岁初秋出洋以来，今经三载，每闻学期考试屡列前茅，合家欣然喜慰！现在虽距博士位期尚待，然而有志者事必竟成，可为预贺。"

第三，江冬秀向胡适"汇报"了家中情况，意欲让胡适消除担忧，用心学习。"至家母前因体弱多病，幸自今春以来，较前渐见康健。加以嫂氏去年五月所生之女，现在已能语步，殊慰膝前之乐。家兄现仍在家里，大约开春再行出外地。"江冬秀告诉胡适，江母身体好起来了，嫂子去年生的女儿现在差不多可以走路了，哥哥现在待在家里，春节后再外出谋事。这些琐碎的事情，似乎是胡适不关心的，但对江冬秀来说，又是她急欲告诉胡适的。

第四，江冬秀最后表达了对胡适生活的关心："时值隆冬，诸祈格外加意珍摄，是所切祷。"江冬秀知道冬天来了，要对胡适嘘寒问暖。但江冬秀不知道的是，伊萨卡的冬天不但寒冷，而且漫长无边，让人生闷。

胡适知道，这封信一定是江家请人代写的，江冬秀重新抄写了一遍而已。但对他来说，能在天寒地冻的异乡收到未婚妻的来信，温暖之情足以消融心中的寒意。

江冬秀在这封信中，对胡适的称呼是"适之哥"，结尾的署名是"愚妹"，同样显示出与胡适的生分与距离。但随着两人通信的增加，他们之间的称呼方式也逐渐发生了改变。

八

　　从胡适在国外留学这一阶段来看，他在与江冬秀的情感交流中居于主动地位。这可能与他独处异国的孤寂有关，也可能与他具有写信交流的能力有关，毕竟江冬秀除了说一口流利的皖南方言之外，几乎丧失了通过其他方式交流的能力，写信对她来说是天大的困难。

　　1914 年 6 月，胡适在康奈尔大学留学四年后即将本科毕业。胡适让好友任叔永（即任鸿隽）给他拍了一张在室内看书的照片，6 月 6 日冲洗出来之后，他觉得十分满意，遂加洗了数张，然后给未婚妻江冬秀邮寄一张。

　　胡适在邮寄给江冬秀的照片背后，写了一首浅显的绝句：万里远行役，轩车屡后期。传神入图画，凭尔寄相思。胡适把自己最满意的照片送给江冬秀，而且还题写了诗句，表达自己内心对她的相思之情。江冬秀收到这张照片，尤其是理会了胡适的诗意之后，一定会感动至深。胡适因为自己屡次推迟与江冬秀的婚期，订婚十年仍然没有将她娶过门，所以他感到对不住江冬秀。

　　从 1904 年订婚，到胡适写下该诗时的 1914 年，江冬秀作为一个女性，将人生中最美丽的年华用于漫长的等待。春花秋月，少女浪漫的心思，在隔海相望的遥远距离中，消融为无力的盼望。因此，胡适的自责也是常理。

　　每每思及至此，胡适总会翘首东望。黄昏时分，康奈尔大学钟楼的钟声传来的时候，胡适心中的紧迫感就会一阵强过一阵，他多么希望自己能够早日回到故乡，与江冬秀过上琴瑟和谐、诗书相对的田园生活：

阁左立冬秀，朴素真吾妇。

轩车何来迟，劳君相待久。

十载远行役，遂令此意负。

归来会有期，与君老畦亩。

筑室杨林桥，背山开户牖。

辟园可十丈，种菜亦种韭。

我当授君书，君为我具酒。

何须赵女瑟，勿用秦人缶。

此中有真趣，可以寿吾母。

这样的生活令人神往，或许是出于胡适的想象，或许是出于对现实的背离。不过，胡适想象中与江冬秀的婚姻生活，虽最终不免化为南柯一梦，但他对她的相思之情却是真实的。

九

江冬秀面对胡适寄回的书信与照片，心里一定感激上苍让她遇到了如意郎君。

爱情的付出应该是双向的，方可心心相印，进而惺惺相惜。江冬秀自然也不愿辜负郎君的厚望，对他在信中提出的要求，做着力所能及的改变。

胡适一直对女性裹足有看法，他在上海公学念书时，在《竞业旬报》上发表过批判"小脚"的文章，并特地引用袁枚的诗句："三寸弓鞋自古无，观音大士赤双趺。不知裹足从何起，起自人间贱丈夫。"

江冬秀自小开始缠足，胡适写信告诉她放足，在经过激烈的思想斗争后，她终于采纳了胡适的建议。要知在当时，江冬秀放足的行为是要与根深蒂固的传统唱反调，这是为世人所不容的，包括江冬秀的母亲和兄嫂都不支持。

　　胡适的信，无疑给江冬秀莫大的勇气和信心："前得家母来信，知贤姊已肯将两脚放大，闻之甚喜。望逐渐放大，不可再裹小。缠足乃是吾国最惨酷不仁之风俗，不久终当禁绝。贤姊为胡适之之妇，正宜为一乡首倡。望勿恤人言，毅然行之。适日夜望之矣。"[1]

　　"胡适之之妇"的称谓，不知道江冬秀是感到自豪呢，还是心生压力？但多少还是传递出胡适对江冬秀的关心，他已将她视为妻子，所言极为恳切。如此一来，江冬秀只有坚持放足，虽然那一年她已经二十二岁，放足的效果甚微。江冬秀虽不能拥有一双"天足"，但毕竟比一般的小脚强大，多少也弥补了胡适心中的遗憾。

　　总之，在胡适的努力下，江冬秀也积极地参与两个人的情感经营，并对胡适的种种要求，做出积极的响应，从而奠定了两人日后长相厮守的感情基础。

第二节　康奈尔杰出校友

　　无论我们今天对百年前的新文化运动作何评价，仅就新文学的建构和中国现代学术的开拓而言，胡适堪称中国现代最伟大的学者

1　胡适：《胡适全集》（23），合肥：安徽教育出版社，2003年，第61页。

之一。胡适的影响力是世界性的，这不仅有赖于他领导了中国文学革命，而且还与他在国外的学习和社会活动密切相关。胡适本科就读于美国康奈尔大学，在康大 150 年的历史中，他被塑为"最伟大的康大人"，成为今日康大校园里最高大最清晰的民国留学生形象。

1910 年 8 月，作为庚子赔款的第二批留美学员，不满 19 岁的胡适越过浩瀚的太平洋，抵达美国西海岸。

稍作停留休息，他很快就辗转到纽约州西北部的小城伊萨卡（胡适等人当时的译名为"绮色佳"），入读康奈尔大学。在"师夷人之长技"的实业救国之道盛行之时，胡适最初选读的是农学专业，这也许并非出于个人所愿。在植物学和果树学中苦苦挣扎两年后，他向校方提出申请，转到艺术与科学学院学习哲学。

胡适在康奈尔大学求学近五载，于 1915 年 8 月来到繁华的纽约，开始了在哥伦比亚大学的求知之旅。尽管"胡大博士"之名起于哥大，但在康大这座湖光山色掩映下的美丽校园里，在其建校的 150 年历史中，胡适却是被提及次数最多的外国校友。康奈尔大学对胡适的关注程度，远远超过了哥伦比亚大学。据悉，胡适对哥大情有独钟，但哥大非但不解他的风情，还铸就了胡适一生的伤痛。

旅美华裔学者王海龙先生在《胡适与哥大的恩恩怨怨》一文中认为，哥伦比亚大学至少在两件事情上对不住胡适："一件是胡适早年哥大迟迟不授其博士学位之事；另一件则是晚岁飘零羁留纽约未为台湾重新起用之时在母校所受的冷遇和寂寥。"[1] 相比之下，康大对胡适可谓情深意长。

2006 年 4 月 13 日，康奈尔大学"中国及亚太研究中心"（China and Asia-Pacific Studies Program，有人译作"中国及亚太研究计划"，但美国大学"Program"的运行模式更类似中国的研究中心）成立的时候，在任校长罗林斯（Hunter Rawlings）作了报告《从中国的文学复兴到乒乓外交：康奈尔与中国的世纪之交》（*From the Chinese Literary Renaissance to Ping-Pong Diplomacy: A Century of Cornell-China Partnership*）。后有人摘录了罗林斯的讲话要点，以《从语言到工程：康奈尔与中国缔结的情缘》（George Lowery, *From language to engineering, Cornell and China have ties that bind, Rawlings notes in speech*，Cornell Chronical，April 17，2006）为名发表在《康奈尔编年史》上。其中提到了胡适在康大的求学经历，即留美之初怀着报效祖国的实用目的学习农学两年，后遵从内心的呼唤转学哲学。

罗林斯校长提及，时为康大本科生的胡适，领导了中国白话取代文言的运动，这不仅是一场文学变革，更是一种教育变革。由于文字的日常化和简单话，它第一次让更多的中国人获得了进入文学和知识的信道，并使中国在世界舞台上扮演着重要角色。

胡适等人领导的新文化运动在文字层面的变革，确实推进了中国教育的普及，让很多普通人免除了文言的障碍，更容易获得书面知识，这在客观上契合了康奈尔大学的校训精神。1868 年 2 月 23 日，康大创始人埃兹拉·康奈尔（Ezra Cornell）在写信给第一任

---

1 王海龙：《哥大与现代中国》，上海：山海文艺出版社，2000 年，第 25 页。

校长怀特（Andrew Dickson White）时，表明了自己的建校目标：
"我要建立一所任何人都可以学到想学科目的大学。"（I would
found an institution where any person can find instruction in
any study.）

此话遂成为康大的校训，不分种族贵贱、不分性别国籍、不
分宗教信仰的平等思想，开放而学科门类齐全的办学理念，吸引着
无数来自世界各地的莘莘学子，他们在此享有平等的受教育权利和
机会。

二

在讨论康奈尔大学与中国关系时，把胡适视为纽带性的重点人
物，也许并不能说明他的影响力；但倘若在《康大历史上的本周》中，
专门针对胡适的诞辰日发表纪念文字，同时将其列入康奈尔编年史，
恐怕只有已故知名校长怀特等人方可享有如此礼遇。

文章这样写道："1891 年 12 月 17 日，1914 级（引者注：康
奈尔大学按照毕业时间划定学生的年级）学生胡适出生。他被一些
历史学家认为是康大历史上最有影响力的康大人。作为一个哲学家
和作家，他通过发动一场运动解放了中国文字，把传统的文学创作
从严格的古典形式转变为现代白话口语的形式。他曾担任过北京大
学校长、中国驻美大使，并获得过诺贝尔文学奖提名。"[1] "最有影
响力的康大人"，该修饰语后并没有加"之一"的范围限定，可谓
是对胡适无双的极致评价。

1　*This Week in Cornell History*，Cornell Chronicle，Dec. 11, 2014.

胡适在康奈尔大学享受的礼遇远不止如此。2014 年是胡适从康大本科毕业 100 周年，学校图书馆专门举办了"胡适康奈尔大学毕业 100 周年纪念"（100 Anniversary of Hu Shih's Graduation From Cornell University）展览。

此次展出内容丰富，包括胡适给当时图书馆长哈瑞斯（G. W. Harris）的书信、胡适母亲感谢康大老师的来信、胡适在康大的诗篇、康大出示的胡适学习证明以及那届中国毕业生的合影等。除实物展出之外，2014 年 4 月 16 日，《康奈尔编年史》还刊登了一篇名为《庆祝胡适》（Celebrating Hu Shih）的文章，说 100 年前康奈尔 1914 级最有名的校友胡适毕业了，他继而在 1919 年成为中国新文化运动的领导，在 1938 年到 1942 年间担任美国大使，在 1946 年到 1948 年间担任北京大学校长，在 1957 年到 1962 年间担任"中央研究院"院长。

胡适被誉为"最有影响力的康大人""康大知名校友"等，恐怕不仅仅与他一生获得的头衔有关，美国人更看重他在新文学界和学术界取得的卓尔不凡的成就，更看重他对康大所做的贡献。

三

康奈尔大学作为美国八所常青藤大学（Ivy League）中最年轻的成员，虽不能与哈佛大学等校媲美，但杰出校友和学人的名字也可罗列数百，仅在此学习和工作过的人中就有四十多位获得诺贝尔奖，获得过国家科学奖、普利策文学奖、总统青年成就奖的人也不在少数。既然如此，为何偏偏视胡适为"最有影响力"的康大校友或"最伟大的康大人"呢？

2015 年是康奈尔大学建校 150 周年纪念，学校开展了丰富的 "150 种方法讲述康大"（150 Ways to Say Cornell）的活动。2014 年 12 月 20 日，康大中国史荣誉教授柯克伦（Sherman Cochran）在米尔斯坦楼的学术大厅（Milstein Hall Auditorium）举办了一次专门的演讲，题目是《最伟大的康大人：1914 级的胡适》（*The Greatest Cornellian: Hu Shih, Class of 1914*）。

柯克伦教授在演讲中回顾了胡适的一生，列举了很多实在的事实证明胡适的伟大之处，使在座的很多美国人以及其他国家学者一时感到，胡适是何等如雷贯耳的名字。2014 年 12 月 25 日，《康奈尔编年史》发表了科文（Aaron Coven）撰写的文章《胡适作为最杰出康大校友的事实》（*The case of Hu Shih as the "Greatest Cornellian"*），文章沿用柯克伦教授演讲中的观点，认为在所有康大知名校友中，无论是美国最高法院长官如斯·巴德·金斯伯格（Ruth Bader Ginsburg）、小说家托马斯·品钦（Thomas Pynchon），还是职业足球运动员兼演员艾德·马瑞拉洛（Ed Marinaro），他们都不及胡适伟大。

柯克伦教授的话并非谎语，实乃有理有据。他认为胡适兼具政治、创作和娱乐之禀赋，集合了康大知名校友的所有长处。胡适在中国学术界享有盛誉，先后在北京大学任系主任和校长职务。他同时具有杰出的政治才能，第二次世界大战期间，在中美关系最困难的时期，胡适担任驻美大使。他曾被荐举为中华民国政府副总统和总统的职位，但他拒绝了这两个职务，并批判国民党领导蒋介石。

因此，在公众眼里中，胡适的表现令人钦佩。胡适的伟大之处还因为他是一个作家，他在康奈尔大学读书期间曾因写得好文而获奖，回国后很快成为有影响力的作家，并且改变了中国文学的语言、对古典文学进行大胆改革。胡适之所以是康大最伟大的校友，还因为他是个知名人士，他在读者尤其是女性中享有盛名，在年轻的中国人中呼声很高，他的照片经常出现在报纸、杂志、学报和图书上。

由此可见，胡适兼具金斯伯格的政治才能，品钦的写作才能和马瑞拉洛的社会知名度，他被誉为康大最伟大的校友，并非言过其实。

四

胡适被誉为康奈尔大学最伟大的校友，不仅因为他在各个领域取得了伟大的成就，而且还因为他对康大图书馆亚洲图书部的建立和发展，起到了开创性和奠基性的作用。

也许是出于爱国之情，也许是出于传播中国文化的初衷，胡适在美留学期间，十分关注各大图书馆所藏的中文图书。他在仔细查阅了美国图书馆的数据后，于 1914 年 1 月在《留美学生年报》上发表了《美国大学调查表》，其中的"藏晖室杂录"中涉及美国大学图书馆，胡适统计出藏书 30 万册以上的图书馆。1914 年 9 月 6 日，他在游览波士顿公共图书馆时，因馆藏中文图书稀少而深感失望。由此，回望胡适 1911 年在康大捐书建立中国图书部的心情和用意，实乃其心存弘扬中华文化的理想之志，并非一时兴起的冲动。

2014 年 4 月 16 日，《康奈尔编年史》发表那篇《庆祝胡适》的文章认为，在胡适所有的成就中，还应该包括建立康奈尔大学图书馆中文部（Cornell Library's Chinese collection），以及后来对有名的查尔斯·沃森图书部（Charles W. Wason Collection）的建立所做出的努力和贡献。换句话说，没有胡适就没有今天的康大中文图书部，就没有康大有名的沃森图书部，至少这两个特色书库的现有藏书难以形成如此盛况。

胡适对康大图书馆的贡献缘何这般重大？这不得不提及 100 多年前的旧事。1911 年 10 月 19 日，胡适给康大图书馆馆长哈瑞斯（G.W. Harris）写信，从中国语言文字的悠久历史出发，认为中国文化和文学值得美国人学习。然而，美国很多图书馆包括康大图书馆却鲜见中文图书，这对意欲建成美国知名图书馆的康大图书馆而言，不能不说是莫大的遗憾。因此，胡适在信中告诉哈瑞斯，中国学生愿意将手头的中文图书捐献给图书馆，以此建立中文图书部，以后随着来康大留学的中国学生的增多，他们捐献的书籍也会越来越多，中文图书部也会越建越好。

彼时留学美国，受交通限制，只能坐船漂洋过海，历时近一个月时间。读书人出发前都会准备很多书籍，以打发寂寞无聊的船上生活，因此随身带来的书籍较多，且多是可读性强的文学历史书。胡适的请求自然得到了哈瑞斯的同意，于是当时就学于康大的中国留学生将手头的中文书捐出，共计 300 册。胡适亲自撰写索引的说明，给图书分类并编写书目。这些书籍成为康大图书馆最早的中文图书，也是现在名震美国的沃森图书部最早的藏书。

如今，康奈尔大学图书馆所藏汉语图书多达数万册，整个亚洲图书部设在克洛克图书馆（Carl A. Kroch Library）区，在这里可以查询到中国各代文学、历史、社会学、教育学、经济以及宗教等方面的书籍，还可以阅读到几十种刊物。而沃森图书部也成为今天美国大学图书馆藏有西文中国学图书最丰富的据点之一，被誉为是康奈尔大学的宝石（A Jewel of Cornell）。

目前关于中国的图书数据已经超过 381,000 种，加上期刊和珍藏品共计有 625,000 册／件。而就是这个有名的图书分馆，其最初的图书来源正是胡适等中国学生捐献的 300 册中文图书（康奈尔编年史中记载的是 350 册，而查阅胡适亲手编制的捐书目录，其中只列举了 300 册），以及沃森遗赠的 9,500 卷有关中国的西文图书。1918 年，康大图书馆接受了沃森捐赠的有关东亚的图书，胡适等中国学生捐赠的书籍也随机并入其中。沃森图书馆的第一任管理员盖斯基尔（Gussie Gaskill）到任后，开始大量购买中国书籍，包括一些珍品图书。此后，经过几代人的建设，终于形成今天的规模，其收藏的有关亚洲的西文图书和亚洲各国图书的数量和质量，享誉全美。

　　为纪念胡适对康大亚洲图书馆中文部之建立所做出的贡献，时值胡适等捐赠书籍 100 周年之际，康奈尔大学专门举行了庆祝活动。2011 年 12 月 15 日，《康奈尔编年史》发表格雷泽（Gwen Glazer）撰写的文章《图书馆庆祝中文图书捐赠 100 周年》（*Library celebrates 100th anniversary of Chinese book gifts*），说一百年前，一小群中国学生改变了康奈尔大学图书馆的历史。1911 年 12 月，来自四个年级的 9 位中国学生向图书馆捐赠了 300 册图书，大约 200 册是文学、古典经书和宗教著作，大约 100 册是用英语或汉语写作的历史著作。1914 级的胡适是这次捐赠活动的带头者，虽然他后来成为知名学者和大使，但当时他只是一个普通的大二学生，这次活动对后来康奈尔大学的汉语学习提供了资源。所赠图书意义非凡，它表达了中国学生希望母校图书馆发展强大的美好愿望，是中国学生给康大最美好、最重要也是个人力所能及的礼物。虽然他们捐献的图书并不是稀有或昂贵之物，但却是学生最需要的，因为那时图书馆几乎没有关于中国语言的书籍。1879 年，康奈尔大学开设了关于中国语言的课程，但却不是讲授中文，胡适等人来到康大之后，这些课程在中断了几十年后才又重新开始讲授。

　　青山常在、碧水长流，凯约嘉湖（Cayuga）亘古不变地泛着轻柔的涟漪。一个世纪之后，有关胡适的各种文献资料已经被列为康大图书馆的珍品，保存在克洛克图书馆的特藏珍品部（Rare & Manuscript Collections），主要包括胡适本人写的文章或别人写他的文章、通信、照片、手写原稿或者是新闻剪辑。康奈尔大学如此厚待胡适，想必定能慰藉众多东方学人的情绪，同时加重他们内心的歉疚与惭愧。

第三节　胡适的异国之恋

　　胡适一方面对江冬秀怀有感激之情，因为他们有婚约在身，所以胡适对江冬秀有情感上的寄托与想象。但另一方面，胡适在国外生活的时间愈久，就愈发感觉到自由婚姻的可贵，因此不免对别的女性产生情思。我们常常认为胡适是对旧婚姻不满，才会在感情上心猿意马，爱上别的女性。这种分析也许有道理，但我们何不从青年人的角度去分析胡适遭遇的数度爱情呢？也就是说，即使江冬秀对胡适而言是理想的情侣，但隔着宽阔的太平洋，隔着数度春花秋月，胡适也许依然会爱上别的女人。他与美国人韦莲司的爱情，也许就是基于此理。

一

从上海十里洋场中退出的胡适，来到美国后收敛了自己的言行，过上了积极健康的生活。与此同时，他积极参加中国学生和康奈尔大学举办的各种活动，成为康大校园里不可多得的交际明星。

胡适在康奈尔大学的生活方式，让他得以有很多机会接触各色人物。1913 年至 1914 年之间，胡适结识了韦莲司（Miss Edith Clifford Williams, 1885—1971）。韦莲司出生望族，祖父是银行家，父亲是康奈尔大学考古生物学教授。韦莲司喜欢画画，她本人是"达达派"的女画家。

韦莲司从 1914 年开始与胡适通信，到胡适去世前的 1961 年，二人始终保持着紧密的书信往来。胡适与韦莲司之间的感情，一直成为人们讨论的话题，但从已有的数据和二人的通信来看，他们之间的情感具有多元化的特征，既是恋人，又是朋友。

但无可否认的是，胡适和韦莲司始终相互关心和挂念着对方。在寒冷的圣诞节或冰雪融化的春天，在北美凉爽宜人的夏天，或风光绮丽的秋天，他们都会在不经意间想起对方，收到对方邮寄的卡片或信件。对于他们来说，在平凡而略显冗长的人生旅途中，能有某个灵魂如此相依相伴，足矣。

胡适在美国居住的时间长达 27 年之久，从青年时代去美国留学，到抗战时期任驻美大使，再到后来流亡纽约，胡适人生的盛年几乎都是在美国度过的。胡适从哥伦比亚大学毕业后回国，期间多次返美，而且胡适与韦莲司有过多次接触。当然，不排除他们有情感升华的可能，但到最后，相互又都非常理智地维持着友谊关系。

江冬秀：镇住胡适的『河东吼狮』

比如，胡适在与韦莲司几十年的交往中，始终记挂着她的生日。无论是在宁静的休闲时刻、繁忙的公务中，还是匆匆赶路的旅途上，胡适总会给韦莲司致以生日祝福，要么是写信，要么是写一张明信片。每年的 4 月 17 日是韦莲司的生日，在胡适寄给韦莲司的信件中，写于 4 月 16 日或 17 日的信件是最多的，体现出胡适对韦莲司生日的在意。比如 1939 年 4 月 17 日，胡适人在华盛顿，他给韦莲司发了一份电报：“衷心地祝愿你，往后还有许许多多愉快的生日。我还是东奔西跑，但心中常想着你。”[1] 1950 年 4 月 16 日，胡适给韦莲司发了电报，还是祝她生日快乐：“最衷心的祝你生日快乐，怀着深情的回忆。”[2]

胡适最后一次祝福韦莲司的生日是在 1961 年的 4 月 23 日，那时韦莲司的生日已经过去了 6 日。胡适在信的末尾写道：“不久我会再写信给你。请接受这个迟到的生日祝福。”[3] 那时候，胡适大病初愈、刚从医院出来，就急着给韦莲司写信，而且依然记得她的生日。

只可惜，胡适自那以后再也没有精力给韦莲司写信了，那迟到的生日祝福成为他给韦莲司最后的祝福，也是永远的祝福。1962 年 2 月 24 日，胡适在工作中心脏病发作，在台湾离开了人世。

韦莲司终身未嫁，她于 1960 年离开美国，搬到加勒比海的小岛居住，直到 1971 年过世，享年 86 岁。

1　周质平编译：《不思量自难忘：胡适给韦莲司的信》，台北：联经出版事业公司，1999 年，第 237 页。
2　周质平编译：《不思量自难忘：胡适给韦莲司的信》，台北：联经出版事业公司，1999 年，第 259 页。
3　周质平编译：《不思量自难忘：胡适给韦莲司的信》，台北：联经出版事业公司，1999 年，第 284 页。

二

胡适与韦莲司相爱的消息似乎传到了家乡，引起了家庭的不小震动。但终其一生，胡适却能很好地处理与韦莲司之间的关系。

胡母担心儿子背叛婚约，这样对不住经常关心自己的江冬秀，于是写信给儿子询问情况。胡适与韦莲司是有相爱的趋势，但也不至于发展到家书中所说的结婚生子的地步。胡适非常冷静地思考着他的处境，他知道与韦莲司的恋情绝不会有结局，一是他与江冬秀的婚约无法解除，也不可能解除；二是韦莲司的母亲极力反对他与女儿的恋爱，种族歧视在 20 世纪前期的美国依然流行。

所以，胡适在给母亲的信中，十分肯定地回答了母亲的质问，说自己在美国不会移情别恋，因为他已经是与江冬秀有婚约的人。1915 年 10 月 3 日，胡适在家书中这样写道："儿久已认江氏之婚约为不可毁，为不必毁，为不当毁。故儿在此邦与女子交际往来，无论其为华人、美人，皆先令彼等知儿为已聘之未婚之男子。儿既不存择偶之心，人亦不疑我有觊觎之意，故有时竟以所交之女友姓名事实告知吾母。"[1]

胡适与韦莲司间或有逾越情谊的举动，但他们始终能在世俗眼光容忍的范围内，保持情谊的稳定性。以至于多年以后，胡适之妻江冬秀也开始接受韦莲司与丈夫之间的交往。

说来奇怪，江冬秀一向以凶悍的河东狮吼去解决胡适的婚外恋，唯独面对韦莲司的时候，她有时候却表现出尊敬的态度。比如 1954

江冬秀：镇住胡适的『河东吼狮』

1　胡适：《胡适全集》（23），合肥：安徽教育出版社，2003 年，第 91—92 页。

年6月的某天，韦莲司邮送了一束鲜花给胡适，胡适收到后给韦莲司写了封信，其中有这样的话："由梁太太重新包装过的花，寄到时还很好。冬秀要我向你表示最衷心的谢意。"[1]

由此可见，江冬秀后来对韦莲司的态度，已经没有敌对的情绪，似乎也化作了友善的朋友情谊。

三

胡适与韦莲司小姐相识近四十载后，韦莲司小姐能如此从容决定地看待并处理她和胡适的关系，其雍容大度自不用赘述，单就她如何说服自己内心的期盼与不舍，抑或摆脱往日情感纠葛之后，如何对待或许有些尴尬的重逢，都会引发我们普通人无尽的遐想。

韦莲司小姐与胡适还相恋吗？如果相恋，她如何面对江冬秀的在场；如果不再相恋，她何以对胡适如此关切至深。民国时期的新学浪潮铸就了一个风雅的时代，也流传出很多美丽传说。不管是胡适、徐志摩、邵洵美之流，还是鲁迅、郭沫若、老舍之辈，他们都走过了那个时代不同寻常的情路历程，在新旧婚姻和自由爱情之间受尽磨难，而终得停靠的港湾并迎来心上阳光。

只是，他们朝圣爱情的道路各有曲折是非罢了，而且很多至死都没换来名正言顺的名分，比如胡适与韦莲司小姐、老舍与民国才女赵清阁。韦莲司小姐或许由于自我信仰的特殊性，或许由于胡适在她生命中的分量，她终身未嫁，胡适去世后，将他们的书信整理

---

1 周质平编译：《不思量自难忘：胡适给韦莲司的信》，台北：联经出版事业公司，1999年，第260页

后交予江冬秀；赵清阁由于伦理和时代际遇的阻隔，最终独守黄浦江畔，也终身未嫁，老舍含恨投湖自尽后，她每天一炷清香，遥寄阴阳之隔的情感。

要理解胡适与韦莲司小姐的情感变迁，或许我们不能以常人之理加以推导，更不能以圣人之心加以猜度。他们都是有欲望的肉身，他们之所以能伴随着岁月的流逝而看淡人世烟云，并非他们不食人间烟火，现实的残酷或宿命的安排足以泯灭人的理想。

又或者，参悟透了人世风华，方能超然于内外的执念，发出"得之，我幸；不得，我命"的旷世箴言。同是民国才女，同是深陷情感的漩涡，林徽因一句"你若安好，便是晴天"，又何尝不是对待情感的豁达心态。

依据此理，或许更能理解胡适与韦莲司小姐虚虚实实的爱情故事。近四十年的情感牵连，经历了浩瀚宽广的太平洋之隔，经历了中西文化和种族差异的鸿沟之隔，经历了漫长的时间之隔。渡尽劫波，韦莲司小姐再见胡适时，是什么心态已不得而知，也毋需多知。

心存感念，对方便在眼前不曾走远；爱情的最高境界是舍弃，成全对方的美好生活。如此而已，感情便能超越世俗，永存彼此心间。

四

因为胡适的原因，在康奈尔大学学习的中国学生，总能得到韦莲司极大的照顾。

"过去常听到关于胡适的女朋友的传闻，而这个女朋友就在绮色佳。Miss Williams是那些年代里康大中国学生都熟悉的人物，似乎谁也没有追问过她的全名。大家都称呼她Miss Williams。（我后来知道她的名字是 E. Clifford Williams，那时她已不在学校图书馆工作了。）她在绮色佳城边上有一所房子、不大、两层，如果一家四口住会很合适。有个满是草坪的大院子，还有一个装修好的地下单元。其中浴室厨房设备齐全。据说 Miss Williams 一向将这个小地下单元租给中国学生，收一点象征性的租金。"

到后来，韦莲司小姐辞去了康大图书馆的工作，没有正式工作后，整天忙于小区的公益事物。她对中国学生有份特殊的感情，"每年都会邀请两次中国学生在院子里冷餐、打排球。"

韦莲司小姐和胡适的关系亦情侣亦朋友，她曾大方地邀请旅居纽约的胡适与夫人前来风景秀丽的伊萨卡消夏度假。"大约是 1951 年初夏之际，Miss Williams 邀请了胡适和他夫人到绮色佳做客度假。她把房子打扫得干干净净让给胡家住，自己搬到一间房角的小屋，每天开车给他们采购或陪伴他们出去游览观光。"[1] 不仅如此，为了表示对胡适一家的欢迎，韦莲司小姐在她的院子里专门举办了冷餐会，邀请暑假期间留守康大的中国学生参加。

或许是因为胡适的原因，韦莲司小姐对中国学生向来友好。"胡适先生在康校读书时，校内地质系教授的女儿威廉斯女士与他相交很厚，后来她一直在学校图书馆工作，始终没有结婚，每当胡适先生来康校时，我们总是邀请她来参加聚会，她对中国同学都特别友好。"[2]

---

1 李佩主编：《康奈尔大学的中国校友》，北京：社会科学文献出版社，1996 年，第 196—197 页
2 李佩主编：《康奈尔大学的中国校友》，北京：社会科学文献出版社，1996 年，第 156 页

五

关于胡适与韦莲司的恋情，或许有人会站在道德礼仪的角度加以批判指责，有人会站在人性和情感的角度加以维护与称道。不管基于何种立场，抱着何种企图，做出何种反应，他们的所作所为，似乎都超越了常人所能企及的高度。

要理解这样的高度，仅局限于中国传统文化之内是困难的，而借用西方所谓恋爱的自由精神，又未免陷入浅俗。

实际上，胡适与韦莲司爱情的伟大之处，在于他们都能逾越世俗的价值观念，一个不顾背上道德的罪名，一个不顾冲决种族隔阂的藩篱。他们注重的是灵魂的契合，心灵的相通。

胡适和韦莲司的爱情是磊落光明的，他们从没想过要缔结一段地下情缘。因此，他们之间书信往来不断，相互间都珍藏着对方赠予的"信物"。

正是基于名正言顺地缔结灵魂伴侣的姿态，周质平先生非常肯定地说："胡韦两人对这一段恋情，从发展到成熟，以至老年时归于醇厚的友谊，从未有过罪恶或羞耻的感觉；恰恰相反的，两人都觉得这是一段极珍贵，极值得纪念的男女情谊。"[1]

六

胡适在美期间，除与韦莲司有恋情外，据说与才女陈衡哲也有

1　周质平编译：《不思量自难忘：胡适给韦莲司的信》，台北：联经出版事业公司，1999年，第1页。

过似有似无的暧昧关系，在此不妨作简要叙述。

陈衡哲（1890—1976），笔名莎菲（Sophia），祖籍湖南衡山，1914 年考取清华留美公费生赴美，是第一批公派出国的女留学生，先后在美国萨瓦女子学院、芝加哥大学分获学士和硕士学位。1920 年被聘为北京大学教授，讲授西洋史。1920 年 9 月 27 日与任鸿隽结婚，后任职于商务印书馆、国立东南大学、四川大学。

陈衡哲是中国新文学史上著名的女作家，著有短篇小说集《小雨点》《衡哲散文集》《文艺复兴史》《西洋史》及《一个中国女人的自传》等，素有"一代才女"之称。任鸿隽最早认识陈衡哲，后介绍胡适与之相识。胡适那时候担任《留美学生季报》的编辑，向陈衡哲约稿，二人开始了书信往来。在书信中，他们俩没有性别和年龄的差异，彼此比较自由从容地表达自己的观点和想法，在随意的相处中显示出二人关系的亲密。

比如胡适曾写信给陈衡哲："你若'先生'我，我也'先生'你。不如两免了，省得多少事。"而陈衡哲的回信更为俏皮："所谓'先生'者，'密斯特'z也。不称你'先生'，又称你什么？不过若照了，名从主人理，我亦不应该，勉强'先生'你。但我亦不该，就呼你大名。还请寄信人，下次寄信时，申明要何称。"胡适再次覆信时，语言更诙谐："先生好辞才，驳我使我有口不能开。仔细思起来，呼牛呼马，阿猫阿狗，有何分别哉？我戏言，本不该。下次写信，请你不用再疑猜，随尔称什么，我答应何如雷，决不再驳回。"

1916 年 7 月，任鸿隽约陈衡哲等人到康奈尔大学消夏，可惜那时胡适已经去了哥伦比亚大学。二人在美国的唯一见面是 1917 年 4 月 7 日，蹊跷的居然是胡适陪任鸿隽去拜访陈衡哲，用现在流行的话说，胡适成了那次见面中不折不扣的"第三者"。

有人说，任鸿隽一直在追求陈衡哲，但陈抱定单身的想法，委婉地拒绝了他的请求。而实际上，陈衡哲是没有等来心中的白马王子，一旦她遇到中意的对象，便会打消独身的念头。恰恰在那时，胡适与陈衡哲的通信频繁，让陈衡哲对胡适产生了好感，英俊潇洒的胡适以及他优美动人的文笔，均给陈女士留下了深刻的印象。

所以，当时形成了比较复杂的关系：任鸿隽在苦苦地追求陈衡哲，陈衡哲则在暗暗地喜欢胡适，胡适又在偷偷地埋葬对陈衡哲的爱慕。但胡适与陈衡哲之间的感情，彼此深埋于心，没有向外表露任何痕迹。因为在胡适一方看来，朋友任鸿隽率先认识陈衡哲，并对她有爱慕之情，自己岂能"后来居上"，丢了朋友又失掉做人准则。

于是乎，有人抓住三个人之间的关系大做文章。1934 年 4 月 20 日，上海《十日谈》旬刊的"文坛画虎录"栏目中，发表了《陈衡哲与胡适》的短文，称在美留学时期，陈衡哲要求与胡结为永久的伴侣，胡适没有答应，而是把陈女士介绍给朋友任鸿隽。原文如下："当陈女士留学美国时，我们五四运动的健将胡适先生同时在美国留学，彼此以都是中国留学生，相见的机会甚多，胡更年少英俊，竟给这位女作家看中了，要求彼此结为永久的伴侣，但是胡适始终没有答应她的请求。"[1]

或许胡适与陈衡哲之间只是很好的异性朋友，回国后，他们之间密切的关系基于二人频繁的交流，也基于胡适与任鸿隽之间深厚的情谊。实际上，胡适也许从一开始就没有想过要与陈衡哲之间发生异性情感的纠缠，因为他已是有婚约在身的人，一个韦莲司已经惹来不小的麻烦，为何还要再度踏进情感的浑水中呢？后来，陈衡

1　象恭：《陈衡哲与胡适》，《十日谈》，1934 年 4 月 20 日。

哲作有小说《洛绮思的问题》、原名《三个朋友》，似有影射胡适、任鸿隽和陈衡哲三人当年关系之嫌。

历史永远充满朦胧的灰烟，更何况私人的情感呢？不管胡适与陈衡哲之间是什么类型的情感，都是他们彼此一生中值得珍藏的记忆。

第四节　小脚西服的婚姻

胡适留学美国时，经常在家书或写给江冬秀的信中，阐明自己因为人生的奋斗，而不断地更改与江冬秀的婚期，他对此深表歉意。1917 年 7 月，胡适结束了在美长达七年的留学生活，回到了上海，并很快履行了婚约，与江冬秀正式结为夫妻。

—

胡适 1917 年 6 月 9 日从纽约启程回国，7 月 10 日到达上海，随即赶回安徽绩溪老家看望母亲，并在家陪伴老人近两个月。

胡适回到老家，见过母亲，相互寒暄着分别数年来的牵挂，以及家里的种种变故。母亲看到曾经千万里之外的儿子站在面前，似乎不敢相信自己的眼睛。胡适留洋归来，是十足的洋博士，[1] 光耀

---

[1]　关于胡适博士学位的论证尚无定论，胡适回国之时就加了博士论文答辩，但没有授予他博士学位，拖延直到 1927 年才正式被哥大授予博士学位，但其才华和学识，又岂是一张博士文凭所能证实的。

了胡家祖宗的门楣，家人对他自是另眼相看，佩服之至。

　　在家待了数日，胡适便想着去江村看望未婚妻江冬秀，同时商定结婚吉日。江家好不容易盼来了胡适，盼来了这个留洋的新派人物，自是设下酒宴盛情款待。用罢晚饭，胡适要求与江冬秀见上一面，不想却被拒绝了。因为胡适来到江村，引来很多围观的左邻右舍，他们纷纷前来一睹胡适的尊荣，想看看这个迟迟不娶江冬秀的书生长什么样子，这自然也让江冬秀感到有些害羞，所以不愿出来见人。

　　胡适既然提出了见江冬秀的要求，作哥哥的岂能不给客人面子，于是进屋去叫妹妹出来。江母在胡适回国前的1916年便生病去世了，所以家里大小事情都由哥哥做主，此事妹妹本该听从哥哥的。但江冬秀还是没有出来见胡适，后来江冬秀的哥哥干脆让胡适进屋见她。不料江冬秀却躲到了床上，放下蚊帐把自己遮掩起来，就是不想让胡适看到她的真容。

　　无奈之下，胡适只能作罢，他不会强人所难。胡适在江家住了一晚，第二天早上便回家了。回家前，胡适给江冬秀留下了纸条，他对未婚妻的呵护之情渗透字里行间："昨日之来，一则意欲与令兄一谈，二则欲一看姊病状。适以为，吾与姊皆二十七八岁人，又尝通信，且曾寄过照片，或不妨一见。故昨夜请姊一见，不意姊执意不肯见。适亦知家乡风俗如此，绝不怪姊也。适已决定十三日出门，故不能久留于此，今晨即须归去。幸姊病已稍愈，闻之甚放心，望好好调养。秋间如身体已好，望去舍间小住一二月。适现虽不能定婚期，然冬季决意归来，婚期不在十一月底，即在十二月初也。匆匆归去，草此问好。"[1]

1　胡适：《胡适全集》（23），合肥：安徽教育出版社，2003年，第126页。

胡适对江冬秀可谓仁至义尽，不但没有因为她坦绝见他而生气，反而从旧习俗的角度出发，站在江冬秀的角度安慰她。而且，胡适也算是给江家一个稳心的答复，那就是年底一定把江冬秀娶进胡家。

二

1917 年 8 月 30 日，胡适离开安徽老家北上，到北京大学当了教授，那一年他二十五岁半，成为北大最年轻的教授。

是年寒假，身为北京大学教授的胡适，已经是名满京城的新文学运动领导者之一。但他依然遵守之前的约定，返回老家与没有文化的农村姑娘江冬秀完婚。

江冬秀与胡适的婚期定在 1917 年 12 月 30 日，农历十一月十七日，那天正好是胡适二十六岁的生日。江冬秀终于成了胡适的新娘，但她始终没有坐上新娘的花轿，因为胡适要求举办新式的婚礼，一切从简。

胡适结婚当天身穿黑色西服、头戴黑色礼帽、脚穿黑色皮鞋，严肃端庄的打扮显示出他对婚礼的重视。江冬秀也非完全旧式的装束，她穿着花缎棉袄、花缎裙子和绣花的红缎子鞋，喜庆之气溢满一身，真可谓西服与小脚的结合。胡家专门请了证婚人，一对新人在鞭炮声中跨进了堂屋的大门，向胡母冯顺娣行大礼，胡母高兴得合不拢嘴。

江冬秀与胡适的婚礼与众不同之处，就是他们夫妻行礼叩拜之后，相互之间交换了金戒指，并且在结婚证上盖了手印。看来这是胡适在美国学到的西洋婚礼，借鉴了其中的某些环节，用到了自己的婚礼上。

江冬秀那天无疑是幸福的，十三年的漫长等待，终于等来了胡适这位郎君的牵手。看着眼前这位文质彬彬的"大人物"，江冬秀觉得之前所有的等待和付出都是值得的，她心中充满了对新生活的无限渴望。

婚后，胡适陪同江冬秀回到江村，给她的母亲吕贤英上坟祭拜。胡适至此也可以向曾经偏心于己的岳母交待了，他决定今后要与她的女儿共度一生。

三

1918 年 1 月底，胡适新婚后一个月，因为北京大学开学在即，他需立刻启程返回北京工作。

胡适这次北上，没有带江冬秀同往，想必是因为老母亲在家中无人照顾，十分孤苦，因此决意将江冬秀留在家中伺候母亲。同时也因为胡适在北京没有像样的居所，此时匆忙带着江冬秀北上，会遭遇很多生活上的不便。待到这次回京之后，料理好房子便把江冬秀接到北京一起生活。

胡适原打算暑假回安徽绩溪，母亲也盼望着他能够回家团聚。人的年龄越大，就越是舍不得子女们离开，胡母同样如此，所以她要求胡适回来接江冬秀的时候，在家里多住几日。但不巧的是，胡适当时忙于各种文化事务，撰写各种文章，繁忙得实在脱不开身，因此暑假不打算回家。

那年 5 月，江冬秀的哥哥要去北京办事，正好可以带上妹妹前去探夫。胡母一片慈母心肠，她知道儿子很忙，就不再强求他回来，而且还鼓励江冬秀早日去北京，好照顾儿子的生活起居，但她自己却是迫切需要人照顾的。

　　胡适这次没有回家，成了一生最大的遗憾，因为他错过了与母亲最后一次见面的机会。是年底，胡母病逝家中，胡适于11月1日赶回老家为母亲送终。

　　对江冬秀而言，胡母的离世对她也是沉重的打击。在她心里，胡适的母亲是她生活的有力支持，从当初的订婚到后来的催婚，从结婚后对胡适的要求以及对夫妻二人的关系处理来讲，胡母都会站在江冬秀一边，尽量照顾她的情绪。可以说，在胡适去美国留学的七年时间里，江冬秀通过自己的行动，博得了胡母的欢心，为她婚后在胡家的地位奠定了基础。因此，胡母去世后，江冬秀无疑就断缺了情感支持。

　　从此，世间最疼爱胡适的人去了。

四

　　江冬秀迁居北京后，与胡适过上了正常的家庭生活。胡适成天忙于各种社会事务，江冬秀则心安理得地料理家务，两个人的生活还算融洽，家中也飘荡着丝丝温情。

　　1919年3月16日，江冬秀生下了与胡适的第一个儿子。胡适与母亲情深似海，而她离开人世的时候，自己又不在身边，这成了他心中永远无法释怀的记忆。更为可惜的是，胡母虽眼见儿子与江冬秀结婚，组建了新的家庭，却没有来得及抱孙子就走了。所以，儿子出生的时候，胡适思绪万千，给他取名为"祖望"，思念母亲之情由此可见一斑。

　　胡适是一个性格随和的人，一个有修养的知识分子，一个能体谅江冬秀处境的好丈夫。当江冬秀远离安徽老家，只身来到北京以后，胡适在家庭生活中几乎从未为难过她，倒是江冬秀常以要强的个性，处处"管制"胡适的行动。比如，胡适爱看书，即便是生病的时候，也书不离手。空闲时间只知道打麻将的江冬秀，却不理解胡适作为文人的看书习惯，每当此时便大声呵斥胡适："你又不要命了！"胡适怎能因为她的吼叫而停止读书呢？所以，两个人的争吵就无可避免了。

　　这种"争吵"似乎是胡适与江冬秀婚姻生活中常有的内容，表明江冬秀与胡适的日常生活方式存在很大差异，两人之间因为胡适爱看书写诗而产生过不少分歧。为此，胡适在 1920 年 12 月 17 日曾专门作诗一首，以表"纪念"或"呐喊"：

江冬秀：镇住胡适的『河东吼狮』

我们的双生日

——赠冬秀

　　九年十二月十七日，即阴历十一月初八日，是我的阳历生日，又是冬秀的阴历生日。

　　她干涉我病里看书，

　　常说，"你又不要命了！"

　　我又恼她干涉我，

　　常说，"你闹，我更要病了！"

　　我们常常这样吵嘴，——

　　每回吵过也就好了。

　　今天是我们的双生日，

　　我们定约，今天不许吵了。

我可忍不住要做一首生日诗。

她喊道，"哼，又做什么诗了！"

要不是我抢的快，

这首诗早被她撕了

胡适的这首白话诗曾收入过《尝试集》，后来也编入了《中国新文学大系》，白话口语入诗在当时是了不起的创作方式，所以此诗的文学史意义重大。从胡适明快而幽默的表达中，我们可以看出他与江冬秀的婚后生活充满了甜蜜，虽然胡适埋怨江冬秀干涉他看书，但他显然能理解妻子对自己的关心和体贴。

如果像很多人说的那样，胡适对江冬秀没有感情，那他何必要浪漫地记住这个"双生日"呢，又何必要与江冬秀订约不争吵呢？又哪有心思和感情做一首生日诗呢？种种迹象表明，胡适与江冬秀的婚姻生活是协调的，相互之间也有情感的唱和，至少他们二人的关系是正常的夫妻关系，绝无洋博士嫌弃小脚的说法，也无胡适陷入无爱婚姻痛苦不堪的实据。

每个人的婚姻生活都有痛苦和忧伤的时候，并不总是晴日晴空，此事自古如斯，众人皆是，又哪是胡适与江冬秀婚姻独有的弊病呢？因此，我们不能将胡适站在全社会的立场上，理性地批判传统婚姻制度的文章，看作是他对自己婚姻的控诉与反抗；更不能将他偶尔抒发的家庭牢骚，看作是对江冬秀的嫌弃，推导出他家庭生活的不幸，进而认为胡适与江冬秀结婚之后，一直生活在水深火热之中。

这些关于胡适婚姻的片面认识，是基于宏大的时代背景提出的通用观点。在新派知识分子遗弃旧式婚姻的浪潮中，没有看到个案的差异性，由此将胡适与江冬秀的婚姻视为鲁迅与朱安的等同体，从而歪曲了实情。

五

江冬秀与胡适结婚之后，也并非不思进取的传统女性，经胡适文学创作和往来朋友的耳濡目染，她在闲暇之余也开始学习，偶尔看看书。

江冬秀是一个干练的女性，做事有魄力。她不仅将家中事务管理得井井有条，而且还热情大方地招待来访的亲戚朋友，使胡适的家成为朋友们聚会的地方，大家都觉得到此聊天喝茶是件快乐事。

都说江冬秀喜欢打麻将，闲时无事便坐在牌桌上。但人们似乎也忽视了她的另外一面，那就是江冬秀对文化知识的学习和取得的进步。据胡适的朋友介绍，江冬秀闲暇时间会翻阅图书，练习书法，力图缩小和丈夫的文化差距。

胡适对江冬秀非常有耐心，在忙碌的工作和创作之余，有时也会教江冬秀读书识字，尤其引导她阅读白话文学。江冬秀小时候上过三年私塾，并非完全不识字的旧式女性，据说她在胡适的指导下，也尝试着用白话文写了首《儿歌》，经胡适修改后，发表在1920年《新生活》周刊第25期上，也算是发表过新文学作品的人。

江冬秀在胡适身边，知道了新文学运动是怎么回事儿，在给安徽老家舅舅的信中，也不免为白话文辩护："舅父莫要怪我，写这种怪信，没头没脑的。现在外面很有人用这种白话写信，一点儿不用客气话，有什么话，说什么话。我见适之他们朋友来往的信，做文章，都是用白话，此比从前那种客套信容易多了。我从来不敢动笔，近来适之教我写白话，觉得很容易。"[1] 江冬秀的这封信，内容几乎就是胡适新文学思想的翻版。没有胡适的讲授，江冬秀断然不会懂得这些新思想。从另外一个角度讲，胡适能够从繁忙的生活中抽出时间教江冬秀用白话文，也说明了他没有嫌弃，更没有抛弃"糟糠之妻"江冬秀。

从这些文字碎片中，我们可以看出：胡适没有嫌弃江冬秀，江冬秀没有成为胡适事业的绊脚石，她理解夫君的文学革命思想。在胡适的影响下，江冬秀已经不是普通意义上的传统女性了，我们对她也当"刮目相看"，不应怀有任何成见乃至偏见。

第五节　怒吼斩断的情丝

江冬秀婚后与胡适过着波澜不惊的小日子，二人虽说不上恩爱有加，但彼此也关心爱护着对方，称得上比较圆满的家庭。不过，胡适却在婚后移情别恋，爱上了"表妹"曹佩声。至于胡适为什么会在稳定的家庭生活之外，涉足另一段感情呢？人们通常从胡适与江冬秀的"不幸"婚姻着手，得出胡适婚外恋的必然结果，认为他在"无爱"的婚姻中渴望一份真感情，于是便爱上了曹佩声。除了从这个"必然"的角度去分析外，胡适与曹佩声的恋情似乎也有偶然的原因；或者说，胡适婚外恋的必然原因并非旧式婚姻所致。如果胡适本是多情之人，他与江冬秀的婚姻再稳定，也会发生婚外恋；

1　参见沈寂：《胡适与江冬秀的婚姻》，《江淮文史》，1994 年 1 期。

如果胡适没有在偶然的时间和偶然的地点碰到某人，那意外的恋情也不会发生。

总之，对胡适与曹佩声恋情的分析，我们不能全部归罪于胡适与江冬秀的旧式婚姻。

一

曹佩声是一位新女性，曾在徽州的第一所新式小学思诚学堂念书，后考入杭州女子师范学校。

胡适在他归国后的日记中，不断提到"娟"和"佩声"的名字，甚至有时候又亲热地称作"表妹"，实际上均指曹佩声一人。如此亲热的称呼，不禁引起人们无限的猜想。原来，此人是胡适三嫂同父异母的妹妹，名叫曹诚英，字佩声，小名叫行娟。胡适与曹佩声的第一次见面是在自己的婚礼上，那时她是江冬秀的伴娘。

在杭州念书期间，曹佩声开始给表哥胡适写信，谈论新文学和新思想的诸多问题。等到相互熟识起来之后，曹佩声称呼胡适为"縻哥"，则自称"妹"。在不断的书信往来中，两人产生了感情，至少曹佩声开始对表哥有了思念之心。

1923 年，胡适南下养病，选择了杭州西湖，后居住在烟霞洞。从 6 月 9 日上山，一直住到 10 月 4 日下山，大约有三个月的时间待在山上。胡适自称这三个月是有生以来最快乐的时光，因那里的湖光山色让人着迷，夏天垂柳上停驻着自由飞翔的蜻蜓，秋天的桂花让房间飘满淡淡的香气。如此怡人的气候，足以对胡适的肺病起到疗效，让人神清气爽，岂不乐哉。

但让胡适真正感到快乐的，恐怕不是外在的景物，而是内在的情感。胡适在这里收获了一段让他一生都刻骨铭心的爱情，那就是与表妹曹佩声的同居生活。

胡适刚到杭州的时候，就与曹佩声、汪静之等人一起游览西湖。曹佩声当时在杭州女子师范学校念书，胡适搬到烟霞洞去的时候，时值她学校开始放暑假。考虑到表哥身体有恙，曹佩声决定暑假期间留下来照顾他的生活。

曹佩声在老家结过婚，后来在留学美国的兄长曹诚克的帮助下，到杭州考取了女子师范学校，这样顺理成章地就逃离了旧时没有感情的婚姻。她与胡适在杭州再次相见时，五年的时光无声地流走，她个人的生活也经过了几番变化。曹佩声独自外出念书的时候，丈夫胡冠英在母亲的催促下，又娶了一位太太，无法忍受的曹佩声于1923年春天提出离婚。

两个在婚姻生活中都缺乏充分爱情的人走到一起，而且又相互倾慕对方的才情和容貌，自然会迸发出不可遏制的爱情。

胡适在烟霞洞租下几个房间，和曹佩声共度愉快的"二人世界"。白天，曹佩声陪表哥登山望远，在桂花树下品龙井茶，抒发生活的愁绪；晚上在皎洁的月光下，住着月色下棋，相互讨论文学及人生命运。如此惬意的美景，如此静谧的生活，两人之间的情感得到了升华。

乱荡时期的爱情，必须接受时局变幻的考验，当然也不能逃脱道义眼光的审判。胡适和曹佩声的爱情，无论以什么样的方式收场，他们都在彼此的情路历程中刻下了亮亮的瞬间，以至于终生难忘。

二

江冬秀虽然没有文化，但也容不下胡适对她情感的背叛。

世界很大，但又很小。江冬秀万万没有料到，1917年冬天，她与留洋博士胡适结婚的时候，那个年龄只有15岁的伴娘，竟然成了阻碍她和胡适婚姻的绊脚石。

在爱情蜜露滋润下的胡适，为了对曹佩声有所交代，也为了他们悬而未决的爱情，决定向江冬秀提出离婚。1924年春天，胡适鼓起勇气向江冬秀摊牌，结果真是印证了"秀才遇到兵"的老话，胡适不但没有达到目的，反而招惹了不小的麻烦。江冬秀岂是盏省油的灯，她凶悍的个性和"大胆"的行为，终于镇住了胡适的欲望。

据说，江冬秀听了胡适要和她离婚的要求，立刻冲进厨房，拿出菜刀要挟。胡适看见她一手抱着两岁的小儿子，一手提着菜刀，身旁站着五岁的大儿子，嘴里嚷道："你要同我离婚，我就先砍死你的两个儿子，再和你决一死战，同归于尽。"这一声狮吼，立刻让胡适傻了眼。此情此景，恐怕一家四口都被吓坏了，胡适不得不断了与曹佩声结合的念想。

自此以后，她对胡适与曹佩声的婚外情耿耿于怀，时时借机发出狮吼。每每生气的时候，江冬秀从不迁就胡大博士的面子，总是破口大骂，甚至当着朋友的面也会骂胡适。

比如，徐志摩与陆小曼之间的绯闻，闹得沸沸扬扬的时候，胡适出面力挺好友徐志摩，没想却惹怒了江冬秀。她当着叶公超的面，骂新月社的那帮人都不是好人，说他们会写文章，但总有一天她要把他们的真实面目写出来。并说，新月派都是两个面目的人，表面是谦谦君子和文化人，背地里尽干坏事。胡适想阻止她，没想到江冬秀却说，大家都说胡适怎么样好，我倒觉得他不值一文。江冬秀之举，让胡适简直无地自容。

经过江冬秀的几次折腾，或者说粗暴的威胁，胡适再也不敢在她面前提离婚的事了，他只能默默地将曹佩声的感情埋藏在心底：

我们蜜也似的相爱，

心里很满足了。

一想到、一提及"离别"，

我们便偎着脸哭了。

那回——三月二十八——

出门的日子都定了，

他们来给我送行；

忽然听说我病了——

其实是我们哭了两夜，

眼睛都肿成核桃了；

我若不躲在暗房里，

定要被他们嘲笑了。

又挨了一个半月，

我终于走了。

这回我们不曾哭，

然而也尽够受了。

第一天——别说是睡——

我坐也坐不住了，

我若不是怕人笑，

早已搭倒车回去了!

第二天——稍吃点饭——

第三晚竟能睡了。

三个月之后,

便不觉得别离的苦味了。

半年之后,

习惯完全征服了相思了。

"我现在是自由人了!

不再做情痴了!"

——胡适:《别赋》

这首写于 1923 年底的新诗,是胡适与曹佩声分手的心灵记录,表达了二人告别时的极端痛苦,进而也写出了胡适意欲斩断情丝的理性思考。

年华易逝,青春易老。多情岁月,别离苦寒。面对现实生活,面对江冬秀的凶悍性格,胡适妥协了。

三

从后来发生的事情分析,江冬秀对曹佩声爱情的干预不仅是把她和胡适拆开,而且还葬送了她的终身幸福。

曹佩声从美国留学归来,遇上抗日战争的爆发。她随着内迁人潮来到四川,在四川大学任教期间,认识了一位姓曾的年轻人。经过一段时间的相处,二人情投意合,很快进入了谈婚论嫁的阶段,并且还择取了结婚良日。

可事有不巧，曾某的亲戚与江冬秀相识，向她打听曹佩声的情况。胡适与曹佩声相好的往事不提则罢，提起来就让江冬秀无法控制情绪。她因此将曹佩声与胡适的关系向这位亲戚托盘而出，而且还添油加醋，一解心中之恨。

可以想象，带着强烈情感色彩的江冬秀，会把曹佩声描绘得丑陋不堪，没有节操没有道德。这些话传到曾某的耳朵里，他很难接受曹佩声的过去，于是断然取消了与她的婚约。好不容易从恋爱的阴影里走出来的曹佩声，怎堪这般沉重的打击，她感到万念俱灰，生活无以为继，于是决定上山为尼。幸亏兄长上山相劝，才返回尘世。

但此事之后，曹佩声再也不谈感情，她虽身处凡世，心却早已出家交给了空无世界。

四

江冬秀不仅不能容忍胡适对他的背叛，而且还不能容忍其他新派知识分子对旧式婚姻的背叛。

江冬秀给人凶悍蛮横的印象，但这种性格用到正事上，便能体现出她的乐善好施和侠义心肠。江冬秀平时管理家中钱财，她除了防止胡适将钱邮寄给曹佩声之外，对胡适其他方面的开支概不限制，反而积极支持他从事公益事业。江冬秀待人宽厚、慷慨大方，深得亲戚朋友的喜欢。

1931 年，江冬秀从胡适处听到了梁宗岱"虐待"乡下妻子的事情，决定"拔刀"相助。事情的起因如下：梁宗岱在父母的诱骗下，曾与乡人何氏结婚，虽然他极力反对这桩婚事，但还是按照旧式习俗结了婚，拜了堂，但梁宗岱拒绝与何氏入洞房，并很快离开家乡。

在外求学多年，与何氏完全没有联系，形同路人。

待梁宗岱留学归来，在北京大学任教授的时候，老家的何氏找了过来，要求与梁宗岱一起生活。可此时的梁宗岱，正热恋着才女陈瑛，并正式同居了。本就对何氏没有任何感情的梁宗岱，更不愿接受何氏的要求了。于是，何氏在京城成了孤独的流浪者，无人接济生活，无人照顾情绪。

江冬秀将无依无靠的何氏接到家中，然后将犯有重婚罪的梁宗岱告上法庭，不依不饶。梁宗岱最后只能与何氏办理离婚手续，赔付她上千元的生活补贴，方才了事。

江冬秀倒是英雄豪气了一回，可此事却让梁宗岱与胡适产生了过节，二人正面的学术交锋时有发生，有时不免带有直接的人身攻击。因此，1934年暑假之后，作为北京大学文学院长的胡适，决定不再聘请梁宗岱。梁宗岱在北京大学待不下去了，只能另谋生路。

江冬秀助何氏打赢官司的事，一时传为佳话，其强悍的个性也再次得以彰显。

五

江冬秀的河东狮吼，可谓棒打鸳鸯，胡适与曹佩声今生只能做一对有缘无分的恋人。

曹佩声在杭州女子师范学校毕业后，曾在东南大学农科学习，后在胡适的帮助下，进入南京中央大学学习，1931年毕业留校任教。1934年，胡适介绍她赴美国康奈尔大学农学院学习，这里曾是他早年留学的地方。

曹佩声在伊莎卡学习的三年时间里，脑子里一定时时闪现着胡适的身影。曹佩声的硕士论文是研究棉花遗传学，1937年获得硕士后回国，在复旦等高校任教，成为中国最早的作物遗传育种女教授。

胡适心中一直装着曹佩声，抗战期间任美国大使时，还对她念念不忘。据说，胡适在美国经常想起曹佩声，向人打听她的近况，并委托朋友给她带钱捎物，其内心的负罪感十分强烈。1939年农历七月七日，在牛郎与织女相会的日子，曹佩声给胡适邮寄了三首凄婉之词，胡适方知她曾一度伤心欲绝，看破红尘，看淡恋情，到峨眉山出家作了尼姑，好不容易才被兄长劝回尘世。

胡适不曾想到，在他心中似乎早已随风而去的情感，却是曹佩声胸口刻骨铭心的疼痛。曹佩声后来经人介绍，也谈过几次恋爱，但终因她早已心有所属，或现实条件限制，婚恋无果而终。曹佩声孤苦一人，凄凉一世，她的心中只有胡适。哪怕没有再嫁，只要想起西子湖畔的携手，回味烟霞洞中的拥抱，也足以让她一生回味。

1949年2月，胡适和曹佩声在上海见了最后一面。此次见面意味着永别，胡适即将离开大陆去美国，曹佩声则继续留在复旦任教。胡适在美国流亡数载，返回台湾定居。从此，浅浅的海峡成了天堑，胡适和曹佩声无缘再见，连胡适1962年去世的消息也没有人告诉她。

解放后不久，曹佩声被调到沈阳农学院任教，1958年退休，回到安徽乡下生活。1973年，曹佩声生病在上海住院，医治无效去世。她一生没有出嫁，在凄凉中离开了人世。

曹佩声给胡适写信，末尾的署名总是画上一弯新月，所以后人常把胡适的恋情比作月亮，大抵是缘于此故。新月弯弯，总是勾人思念；月亏之时，总是盼望月圆；月圆之夜，心愿了却。也许曹佩声的用意即在盼望圆梦的那一天，但只要江冬秀活着，月亮就会永远残缺。

第六节　风雨人生同路人

人们常说，"一个成功男人的背后，一定有一个成功的女人"。此话未必完全占理，但用在胡适身上似乎也不无道理。实际上，江冬秀在胡适成功的道路上发挥了举足轻重的作用。

一

江冬秀初到北京的时候，她与胡适住在南池子缎库后胡同 8 号，后来搬到钟鼓寺 14 号。

胡适是北京大学的教授，又是名满京城的新文学作家，他的收入足以支持一家"奢侈"的生活开销。从这一点上来讲，民国时期的文人，享有远较今天更高的社会地位和经济地位，他们可以抛开生存的压力，专心投入到工作和自己喜爱的事业中，取得比今天的知识分子更高的成就。

胡适家当时请了三个佣人，男佣人负责做饭和对外采购，一个女佣人负责照看孩子，另一个女佣人则负责洗衣服和整理家中内务。江冬秀则不必做家务活，她唯一的任务就是管理好干事的佣人，支配好家中的钱财。

江冬秀尚且如此清闲，又能主持好家中事务，胡适就更用不着为家务事发愁了。因此，江冬秀到了北京之后，胡适不仅生活有规律，而且饮食起居都被照顾得细致入微。"文学是闲人的事情"，胡适得以从繁琐的家务中抽出身来，专心致志地备课上课、全心全意地看书写文，才得以在新文学和新文化运动中取得了斐然的成绩。

江冬秀不仅帮助胡适打理好内务，而且还要关心他的工作和身体。每次看到胡适工作到深夜，江冬秀总要加以制止。比如胡适在编《独立评论》期间，为保证编务的顺利完成，他每周日晚总要工作到凌晨，每次都会遭遇江冬秀的责备。江冬秀关心胡适的身体，不希望他因为工作而消耗掉了健康。

江冬秀在胡适成功的道路上功不可没，也许有人会说这是有意抬高江冬秀的地位，但只要我们拿胡适与徐志摩做一番比较，便可首肯江冬秀的作用。想当初，徐志摩与陆小曼的婚恋轰动了全国，但婚后的徐志摩不得不在上海的多所大学兼课，不得不忙里偷闲地办出版，其目的就是要多挣钱来满足陆小曼奢靡的生活开支。这样一来，在伦敦迸发诗情的徐志摩，与陆小曼婚后的上海生活成为一段不堪回首的灰暗记忆，他的时间被工作占满了，他的心思被家庭的顽疾占据了，再也没有时间创作新诗。那首《爱的灵感》也是在胡适的催促下写出来的，当年俊秀灵动的诗才已不复存在。原因何在？不就是陆小曼没有江冬秀的持家本领吗？试想，倘若徐志摩不用四处工作挣钱，家务又有人料理，他在上海时期也许会创作出更多更好的作品。

所以，从乡下来的江冬秀，她勤俭持家的本领，对胡适的成功确实起到了很好的铺垫作用。

二

江冬秀不仅是胡适事业成功的"大后方"，而且在很多重要事情上都坚决地站在胡适一边，替他出谋划策。

中国是个官本位的国家，很多人读书的目的就是为了求取功名，胡适那一辈人也不例外。因此，胡适的母亲希望儿子能够沿着丈夫胡传的道路，通过读书走上仕途。但胡适本人的想法却与此相左。

胡适从美国回来之后，给自己定下了"二十年不问政治"的规矩。他在北大任教期间，虽做过文学院长，不过民国时期的高校不像今日那样官僚气十足，学者和教授治校是传统，胡适专心的还是学术。那时候，学者与官员的身份是有差异的，虽然也不乏从高校进入政界的例子，但毕竟在宽松的氛围中，抱着做纯粹学术的人不在少数。

江冬秀虽系农村出生，只上过几年私塾，但在生活的大是大非上，她却有超出常人的眼光。比如，她从不图慕虚荣，对钱财和官位抱着轻蔑的态度。

江冬秀给胡适提出了要求，希望他一生远离政治，专研学术。因为她知道，官场的黑暗和争斗是没有止境的，凭胡适的书生意气，他在官场上难有作为。同时，当官只会败坏了胡适的心志，让他对人生和社会增加更多的忧思。与其让他在政治的漩涡中痛苦万分，不如让他在学术的天地里大展宏图。江冬秀能有如此认识，实在是卓尔不群之辈，岂能视为一介民妇？

对于江冬秀的这一要求，胡适当然是了然于心。抗战爆发之后，胡适远走他国，在欧洲和北美从事巡回演讲，揭露日本企图侵占中国的阴谋。1938年7月，国民党政府致电胡适，希望他能出任驻美大使。胡适接到函电后，马上给北京的江冬秀写信，表明他虽然接受了大使的"官衔"，但他一定会尊重江冬秀的意愿，等到抗战胜利后，重新回到学术上来："我只能郑重向你再发一愿，至迟到战

江冬秀：镇住胡适的「河东吼狮」

事完结时，我一定回到我的学术生活去。你记得这句话。"[1]

1938 年距离胡适回国的 1917 年，时间正好过去了二十年，胡适也可以摘掉不问政治的"紧箍咒"。在民族的灾难岁月里，个人的命运尚不能左右，更何况生活方式呢？胡适出任外交官，也是不得已而为之的选择。

胡适回国后，虽然在蒋介石的左右下参与了"总统候选人"的角逐，但毕竟没有真正步入仕途，实现了他对江冬秀"一定回到我的学术生活去"的承诺。

由此可见，江冬秀对胡适一生道路的选择，具有多么大的影响力。

三

抗日战争和解放战争给中国人民的生活带来了巨大灾难，人们流离失所，居无宁日。

抗战爆发后，江冬秀带着孩子一度躲进上海的法租界，求得了暂时的避所。随着日本侵略的加剧，法租界也不是安全之地，大儿子胡祖望去西南联大学习，江冬秀便带着二儿子回到安徽绩溪老家继续避难。

1946 年 7 月，胡适结束了在美国的大使工作和旅居生活，回到中国，担任北京大学校长。抗战时期，中国民不聊生，人们居无定所；等到抗战胜利之后，国共两党又掀起了新一轮的战争，满怀喜悦与期待的国人再次遭遇了战争之苦，仍然过着不得安宁的生活。胡适

1　胡适：《胡适全集》（24），合肥：安徽教育出版社，2003 年，第 383 页。

这一时期的工作和生活,似乎也是声东击西,难以沉下心来专心治学。

1949 年 3 月 9 日,蒋介石派儿子蒋经国专程到上海拜访胡适,希望他去美国劝说美国政府出面解决国共争端。蒋介石向来尊重胡适,一任胡适的责骂而从不记恨,胡适时感蒋介石的知遇之恩,所以在蒋家王朝危难之际,面对蒋经国的当面请求,岂能坐视不顾。

1949 年 4 月 6 日,胡适踏上"克利夫兰总统号",从上海启程前往美国。4 月 21 日抵达旧金山的时候,便得知国民党政府拒绝中共提出的 24 项要求,中国人民解放军已渡过了长江,国民党败局已定,胡适发表《共产党统治下决没有自由》的演说,也没有实质意义。在兵荒马乱的年代,胡适只能暂时旅居国外。

1950 年 5 月,胡适欣然接受普林斯顿大学校长的聘请,前往该校任葛思德东方图书馆长,聘期两年。胡适任职期间热心图书工作,他先后"主持编了中文古籍书目,共有 4,148 种,将近三万册善本,宋、元、明的,多数是明版",[1] 此外还写了介绍性文章《普林斯顿大学葛思德东方图书馆》(*The Gest Oriental Library at Princeton University*)等。胡适还依据图书馆这个平台,通过举办图书活动来推动中国文化的海外传播。比如 1951 年 2 月至 4 月,他筹划了名为"一千一百年来的中国印刷"的特别书展,并亲自为此次书展撰写介绍词,让更多的外国人了解了中国印刷技术的发展。

葛思德图书馆以收藏中国医学书籍著名,当年葛思德在中国治疗青光眼初见成效,就对中国的医学产生了兴趣,回国前购买了大量相关书籍,后卖到普林斯顿大学,成为普林斯顿大学东方图书馆的最初藏书,也让这里成为美国收藏中国医学书籍最多的地

1　马敬鹏等:《中国古籍在美国》,《中国古籍与文化》,1993 年 1 期。

方。既然该馆有此优势和特色，胡适于是编写了《葛思德东方图书馆：10万册眼科书》（*The Gest Oriental Library——The eye 100000 Volumes*）一文，极大地宣传了中国的医学和药学。

难怪世纪学人陈纪滢认为，胡适担任葛思德图书馆长的目的不在薪金，而在传播中国文化："为了保存及发扬中国文化，一定要使它具有特性，让它在众多的图书馆中放异彩，既成为研究中国医学、药学仅有的特殊地方，也成为传播中国一般文化的大众场所。"[1] 1952年2月，胡适在普林斯顿大学图书馆的工作合同到期，为节省开支，图书馆没有续聘胡适，而是让他的助手童世刚担任东方图书馆长，但却给"下岗"的胡适保全面子的"荣誉馆长"称号。胡适在普大葛思德图书馆的工作不仅有目录编制和特色图书介绍，而且还有推动中国文化在普林斯顿大学校园传播的活动，促进了该校图书馆中文馆藏图书工作的顺利开展和质量提升。

1957年11月，胡适当选为"中华民国中央研究院"院长。1958年4月，胡适结束了在美国的流亡生活，回到台湾就职。

四

胡适抗战期间频繁出国演讲，后又担任驻美大使，常年在外，与江冬秀处于两地分居的状态。胡适流亡海外期间，江冬秀曾赴美与夫君团聚。

胡适到了美国之后，江冬秀曾一度住在台北。后来，胡适返回大陆或台湾的日子眼看遥遥无期，江冬秀便要求去美国与他团聚。

1　陈纪滢：《胡适、童世纲与葛思德东方图书馆》，《传记文学》（台北），1975年1期。

胡适当时的处境十分艰难，他拒绝了蒋介石提供的大笔生活资助，而在美国又没有稳定的收入来源，因此江冬秀赴美实际上是不现实的想法。

既然江冬秀执意要去美国，胡适便托人给她办理护照和签证，然后写信给在美西的赵元任，希望他们在旧金山机场帮着迎接江冬秀。因为没有出过国，胡适害怕她走出机场不知何去何从，只好每一步都替她精心策划妥当。

江冬秀来到美国之后，胡适总算在普林斯顿大学有了稳定的收入，他们住在纽约东城八十一街 104 号房间。抗战爆发前，胡适在北京大学任教期间，收入稳定，还可以雇佣三名杂工，家里的大小事情都不用江冬秀亲自去做，更别说胡适了。可是现在，流亡在国外的胡适失去了经济来源，他与江冬秀只能依靠自己的劳动来维持生计了，因为他们根本没有钱来雇佣杂工。因此，流亡时期的胡适与江冬秀，过着十分节俭的生活。

胡适回到台湾之后，江冬秀却执意不愿跟随胡适回去，她在纽约有一帮"志同道合"的麻将牌友，而且她似乎已经习惯在美国的生活。1960 年 10 月 18 日，他们的存款用完之后，江冬秀还是不得不又回到胡适身边，分别两年之后的重逢，其实两个人都已经老了。

1962 年 2 月 24 日，胡适在出席"中央研究院"的酒会时，不幸心脏病发作去世。当时江冬秀还在台北市内一家茶楼里打麻将，待到司机把她带到南港时，胡适已经去世多时。江冬秀用安徽绩溪口音在胡适的尸体前号啕大哭，旁人无不为之动容。风雨数十载，胡适与江冬秀总算携手走完了自己的人生。

江冬秀用关爱与凶悍缔造了小脚农妇与西服洋博士的传奇婚姻。1975 年，江冬秀在台北去世。有好事者发现，1891 年出生的胡适属兔，于1962年虎年去世；而1890年出生的江冬秀属虎，于1975年兔年去世，他们的生与死终是验证了"虎兔相逢"的时令顺序。

五

倘若从1904年的订婚算起，到胡适去世的1962年，胡适与江冬秀的爱情婚姻走过了五十八年的漫长历程。综观江冬秀与胡适的一生，他们平淡的家庭生活有时充满了欢乐，有时则乌云密布，是中国所有家庭中比较平常和正常的类型。

因为胡适是文化名人，而江冬秀则是乡下小脚村姑，二人文化层次和社会地位的巨大差异，无疑成为吸引人们眼球的关键所在。因此不断有人从各自的立场出发，用不同的眼光去观照胡适与江冬秀的婚姻，认为他们不可能有共同的话题，不可能有情感的交流。

凡是均从新文化与旧传统的对立出发，去看待胡适这个新派知识分子与旧式婚姻的关系，自然会得出胡适与江冬秀是无爱的婚姻。

但实际上，胡适与江冬秀的婚姻关系相当稳固。不仅因为江冬秀的凶悍，而且因为胡适的理性；所以即便他们的婚姻偶尔会面对第三者的插足，不是胡适的理性收手，就是江冬秀的河东狮吼，总归是能让他们的婚姻化险为夷。

胡适向来有"惧内"的"美名"，这让本来在社会地位、经济地位和文化层次上居于优势地位的胡适，一下子在家庭内部处于"弱势"地位了。这样一来，优势地位与弱势地位的合体产生了新的平衡，胡适的家庭也便更加稳固。

要是胡适从不惧怕江冬秀，为所欲为，那他们的家庭势必早早解体。当然，胡适是不惧怕江冬秀的，他之所以"怕"她，是出于对女性的关爱，出于自身良好的修养，以及温文尔雅的性格。

从江冬秀与胡适生活的点滴来看，他们二人是有爱情存在的。胡适留美期间保持与江冬秀通信，鼓励她放脚，鼓励她看书识字；胡适归国后精心设计他们的婚姻，引导江冬秀读书写文章，江冬秀生日时给她写诗等等，无不表现出胡适对她的呵护与爱意。同时，江冬秀一生忠于胡适，生活上照顾细微，事业上劝导他远离政治等等，又无不体现出她对丈夫的恩爱。

当有人将江冬秀与胡适的婚姻塑为典型的时候，也有人会拿出很多事实来诋毁他们的形象。实际上，任何婚姻都不可能是绝对完美的，每一个家庭，每一对夫妇都会面临各种问题，只要能够克服并继续好好的生活下去，就不愧恩爱一生的美誉。

江冬秀与胡适的婚姻只是他们两个人的情感问题，最多属于他们两个大家庭的关系问题，我们不必赋予它太多的社会文化内容。他们之间的争吵，他们之间的欢愉，简单而言，就是普通人的情感问题。

悲欢离合之间，真爱已铺满漫漫人生路。

江冬秀：镇住胡适的『河东吼狮』